Alte Heimat Fremdes Land

Nicola Schorm

Alte Heimat Fremdes Land

Eine Erzählung

Impressum

Bibliografische Informationen der Deutschen Nationalbibliothek
Die Deutsche Nationalbibliothek verzeichnet diese Pu-
blikation in der Deutschen Nationalbibliografie; detail-
lierte bibliografische Daten sind im Internet über
http://dnb.d-nb.de abrufbar.

ISBN: 978-3-95894-010-9 (E-Book)
        978-3-95894-011-6 (Print)

Lektorat, Literaturagent: Benedikt Leicht,
                           bleicht@lektorat-leicht.de

Coverfoto: CC BY 2.0; Carlos Andrés Reyes, www.flickr.com

E-Book-Herstellung: Open Publishing GmbH

Inhalt

Vorwort

Liebe Leserin, lieber Leser!

Ein Buch lebt nur dadurch, dass es gelesen wird; deshalb möchte ich mich hier an erster Stelle bei Ihnen bedanken, für Ihr Interesse und Ihre Zeit. Ich würde mich sehr freuen, wenn Sie mir Ihre Gedanken oder Anregungen mitteilen würden.
Ob das geht? Ob es möglich ist, aus meinem Monolog ein Gespräch zwischen uns entstehen zu lassen? Am Ende des Vorwortes, werde ich Ihnen eine Kontaktmöglichkeit nennen – wenn Sie Lust haben, schreiben Sie mir ...

Wenn ich mir ein Buch ausgesucht habe, das ich lesen möchte, bin ich als erstes neugierig, wer zu seiner Entstehung beigetragen hat. Selbst, wenn es mit dem Buch an sich nichts zu tun hat, ist auch dieser Teil spannend und interessant für mich.

Ohne meinen Mann, Antonio J. Rosa, wäre ich nie auf die Idee gekommen, die "alte Heimat" meines Vaters kennenzulernen, sie hat mich schlichtweg nicht interessiert, so peinlich es auch ist, das zuzugeben. Als ich im letzten Moment zauderte, hat er mich in unserem Reisevorhaben bestärkt und mich in den langen Wochen des Schreibens unterstützt.

Als nächstes muss ich mich ganz herzlich bei meiner Erstlektorin Barbara Moses bedanken, die mir mit aufmunternden Worten und ihrer Begeisterung zur Seite stand.

Auch meiner Freundin Gabi Mittmann, die Kapitel um Kapitel mit mir durchlebte und die trotz der räumlichen Entfernung immer nah bei mir war und meiner Freundin Katja Löhner, die mich in Momenten der düsteren Selbstzweifel mit ihrem Enthusiasmus und ihrem Lob wieder aufbaute, gehört mein aufrichtiger Dank!

Nicht vergessen möchte ich außerdem meine allerbeste Freundin Alejandra Folco, die ohne ein Wort Deutsch zu verstehen, mich doch begleitet hat und die sehnsüchtig auf die Übersetzung der Erzählung ins Spanische wartet!

Bei der Anfertigung des Stammbaums und der Zusammenfassung der einzelnen Archive in ein sinnvolles Ganzes half mir mein Sohn Julian Rosa, und die Letztkorrektur vor dem Absenden in die professionellen Hände meines Lektors und literarischen Agenten Benedikt Leicht ist meiner sprachlich ausgebildeten Schwägerin Rebecca Schorm-Bernschütz zu verdanken!

Danke meinem Vater für das Mitteilen seiner Erinnerung und die sorgfältige Aufbewahrung der Briefe von Aloisia, die es mir ermöglichten, ihre Sprache, Gedanken und Gefühle nachzuempfinden.

Allen die mir zur Seite standen, mein Drängen aushielten, das von mir Geschriebene doch endlich zu lesen und mich am Ende doch bestätigt und unterstützt haben, gehört mein allerherzlichster Dank: meiner Mutter und meinem Vater, meinen Brüdern Michael und Alexander, meinen erwachsenen Kindern Julian, Natalia und Corina und meinem lieben Mann. Sie alle sind dafür verantwortlich, dass mein Leben so erfüllt und glücklich ist, wie ich es mir gewünscht habe.

Viel Spaß beim Lesen !
Nicola Schorm
nicola.schorm.rosa@gmail.com

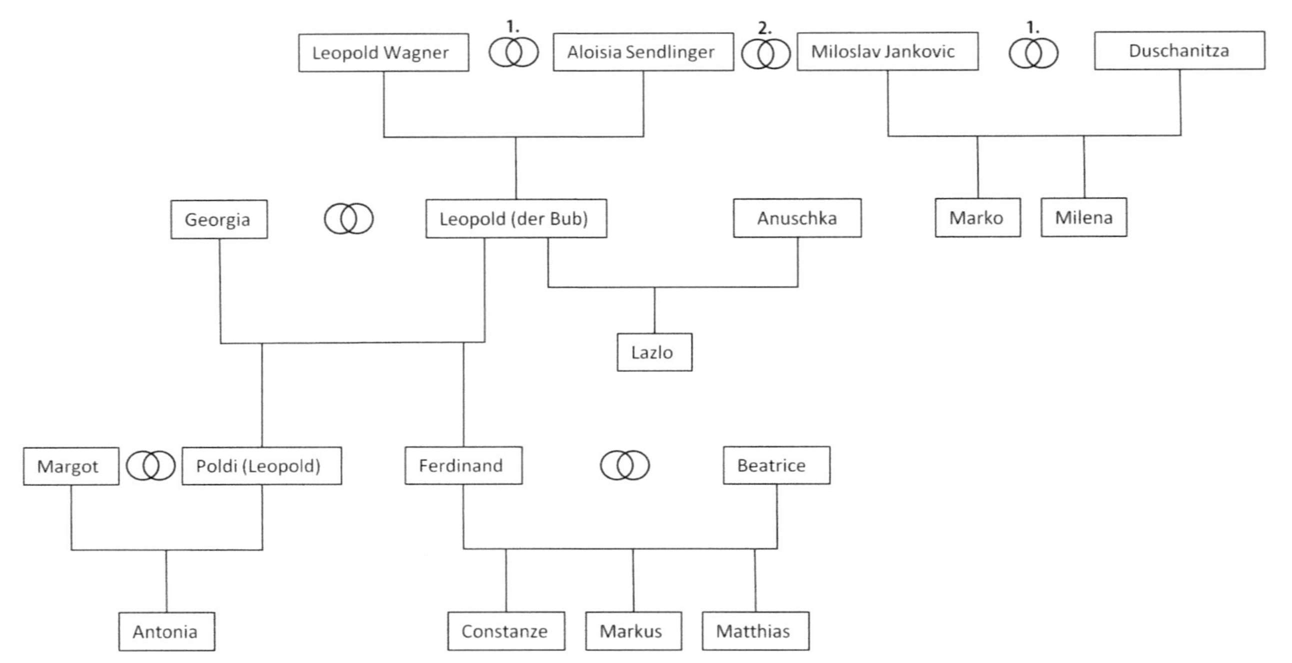

Leopold Wagner
1.
Aloisia Sendlinger
2.
Miloslav Jankovic
1.
Duschanitza
Georgia
Leopold (der Bub)
Anuschka
Marko
Milena
Lazlo
Margot
Poldi (Leopold)
Ferdinand
Beatrice
Antonia
Constanze
Markus
Matthias

Prolog

Reise nach Werschetz:
Werschetz, Geburtsort unseres Vaters, für mich ein
Wort bar jeden Sinnes, ein Luftgebilde, unvorstellba-
rer und irrealer als das versunkene Atlantis. Vrsac
auf Serbisch, im ehemaligen jugoslawischen Banat
80 km östlich von Belgrad, nah, sehr nah an der rumänischen Grenze.

Die Idee:
Nach siebzig Jahren erste Rückkehr des Vaters in die
Heimat, Reise nur mit den drei Kindern, ohne Mut-
ter, ohne Schwiegertöchter, -söhne und Enkelkinder.
Organisation und Planung in Händen des Jüngsten,
des Entschlossensten.

Wir landen in Serbien. Erste Gänsehaut, als wir von
den Herren aus Nürnberg in der Sitzreihe vor uns
gefragt werden, ob auch wir mit unserem Vater reisen. Drei Männer – Brüder – mit ihrem achtzigjähri-
gen Vater aus Pančevo, vierzig Kilometer vor
Werschetz. Die Reise, ein Geschenk zum Geburtstag
im März. Er war zwölf Jahre alt, als er für zwei Jahre
ins Lager kam und kam danach nie wieder zurück.
Wie viele waren schon vor uns da? So viele Schicksale und ich kann meine Tränen nicht zurückhalten.
Als wir am Geldwechselautomat 100 Euro wechseln
wollen, alles nur serbisch erklärt ist, drücke ich beim

ersten Versuch auf den falschen Knopf und anstatt
der Dinar, kommt mir mein Schein wieder entgegen; intuitiv falsch gedrückt! Hilfe! Ich verstehe
kein Wort. Der Mietwagen steht bereit, dank Karten
und Navigationssystem finden wir den Weg durch
Belgrad und als wir anhalten, um die am Horizont
erscheinenden Werschetzer Berge zu fotografieren,
kommen mir zum zweiten Mal die Tränen. Was erwartet uns?

Die Brüder haben im Internet Informationen ge-
sammelt. Wir lesen in den ausgedruckten Blättern
über die Geschichte der Stadt und freuen uns über
Hennemann, der 1778 Werschetz vor dem Einfall
der Türken gerettet hat. Er hat mit viel Phantasie,
Mut und einer gehörigen Portion Frechheit durch
Glockengeläut, das Schlagen auf Kochtöpfe und
Lagerfeuer, die über die ganze Stadt verteilt waren,
die Türken, die von den Bergen auf die Stadt
schauten, davon überzeugt, die Verstärkung der kai-
serlichen Truppen von Maria Theresia sei einge-
troffen. Sie zogen tatsächlich wieder ab und die
Stadt blieb unversehrt.

1707 haben sich die ersten Deutschen in Werschetz
angesiedelt und um 1900 waren über die Hälfte der
25.000 Einwohner deutsche Donauschwaben. Heute
sind es mit Sicherheit weniger als fünfzig.

Ich habe keine Fotos von Werschetz gesehen, habe
keine Erwartungen, alles ist offen und möglich. Unsere Schritte und Wege werden wir Vaters Wün-

schen anpassen und erkunden so die Stadt zu Fuß. Wir entdecken nach und nach immer mehr Einzelheiten, Dinge, Plätze, Häuser, die die Erinnerung von Vater nun in unsere Gedanken überträgt, Vater, der im ersten Moment des nicht Zurechtfindens meinte, er wisse gar nicht wo er sei – dies sei eine fremde Stadt.

Die Bürgersteige sind kaputt; das Haus, von Tante Lukrezia geerbt, steht gar nicht mehr und doch ist das Rathaus erkennbar, mit dem Balkon, von dem Vaters Stiefgroßvater Jankovic zu den Einwohnern der Stadt sprach, auch wenn heute die Farbe der Mauern eine andere ist. Vom Haus unserer Oma Georgia ist nur noch das Kapitell dem auf den alten Fotos ähnlich. Im ehemaligen Wohnzimmer, wo sich heute das Café Forum befindet, trinken wir einen Kaffee, berieselt von seltsamen Bildern, die im Riesenbildschirm vergeblich eine Diskoatmosphäre zu erzeugen suchen. Der deutsche Friedhof, früher nur einige Schritte von Omas Haus entfernt, wurde entheiligt und wich einem Sportplatz und anderen Anlagen. Aber der Park! Der Park ist riesig, unverändert, die weißen Bänke laden zum Sitzen ein, der Brunnen lebt, umringt von den wasserspeienden Kröten von einst, mit seiner Statuenmitte im Zentrum des Parks. Pavillons ohne Musik, aber wenn wir uns anstrengen würden, könnten wir sie hören.

Ja, von der Büste Lenaus steht nur noch der Sockel – kein deutscher Kopf wird mehr verehrt – und es gibt auch keinen großen Markt mehr auf der Straße, die am Park beginnt. Aber die Trauben, die verlockend blau direkt vom Anhänger des Traktors auf dem Tresen des Standes verkauft werden, schmecken unglaublich gut. Gleich wie vor all den Jahren? Und ich weine zum dritten Mal.

Momente:
Als wir tatsächlich über den Pausenhof in Vaters alte Schule hineingelangen, versucht er so lange Türen zu den Klassenzimmern zu öffnen, bis wir uns mitten in einem befinden und fassungslos zusehen, wie er mit Kreide etwas auf Serbisch auf die Tafel schreibt, unaufhaltbar, ohne Angst vor dem Hausmeister, der doch erscheint und nach einem ersten kurzen Moment skeptischer Abweisung, den Trauben mit ihrer dünnen Schale ähnlich, sich als sehr freundlich, offen und liebenswert herausstellt. Er hat Probleme, mit dem geringen Lohn über die Runden zu kommen und wenn wir die Sprache beherrschen würden, wüssten wir noch mehr; Vater jedoch ist in seinem Element. Egal mit wem und wo, er unterhält sich blendend auf Serbisch und wir grinsen nur blöde, nicken ab und zu oder lächeln, immer dem Ausdruck der Gesprächspartner angepasst.
Momente:
Als wir nach einigen Stunden wirklich das Grab des Großvaters Jankovic auf dem serbischen Friedhof

finden: der schwarze Marmorstein, den Omama vom Steinmetz schaffen ließ, wich einem Obelisken, auf dem zu Überraschung und Ärgernis unseres Vaters noch zwei Jankovic, Marko und Milena, eingemeißelt sind, bei denen es sich nur um die Kinder aus erster Ehe des berühmten Stiefgroßvaters unseres Vaters handeln kann. Auch Markos und Milenas Kinder teilen den Ort der letzten Ruhe mit ihm – nur die Omama, die im Tod den katholischen Friedhof dem serbischen vorzog, beide durch kleine Mäuerchen und den rumänischen Friedhof voneinander getrennt, können wir trotz organisierter Suche in dem herrlich chaotischen Wirrwarr aus Kreuz und Stein, deutsch und ungarisch, Bäumen und Gestrüpp doch nicht finden.

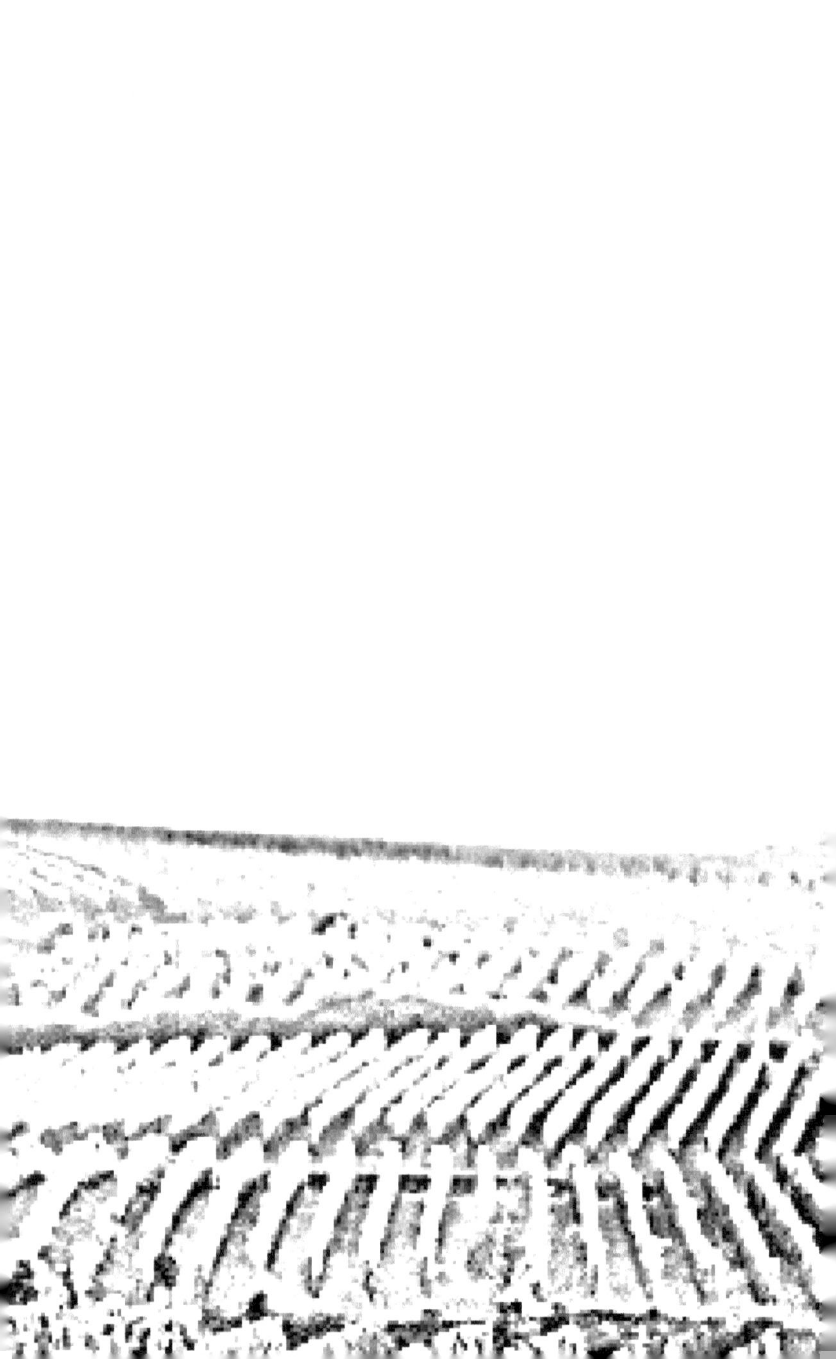

Aloisia I

Der Winter hat angefangen, dabei ist es erst Anfang Oktober. Meine Äpfel hab' ich noch nicht ganz abgeerntet, hatte zu starke Schmerzen in der Hüfte und die Leiter hab' ich der Milena geborgt und gehofft, wenn sie sie zurückbringt, dass sie mir hilft mit den Äpfeln. Jetzt ist es zu spät, sie sind erfroren und taugen nicht einmal mehr zum Saft. Ach, wenn der Miloslav noch da wär', was für ein Leben wär' das! So ein stattlicher Mann war er. So gescheit und wichtig, alle haben sie ihn geschätzt und bewundert, den Bürgermeister, der so vielen von meinen Leuten geholfen hat, dass sie rechtzeitig haben fliehen können, dass sie nicht auf der Schinderwiese zusammengeschossen wurden wie die streunenden Hunde. Alle haben sie ihn gemocht, die Deutschen und Ungarn gleich wie die Jugoslawen und Rumänen. Wenn ich die Augen zumach' seh' ich ihn immer noch stehen auf dem Balkon vom Rathaus und sprechen zu seinem Volk. Alle Sprachen hat er perfekt gesprochen, mein Jugoslawe, mein zweiter Mann.

Ja, als die Deutschen eingerückt sind, war's eine schwierige Zeit für ihn – so wie ich mich gefreut hab' und gefeiert, zusammen mit der ganzen großen volksdeutschen Gemeinde, die hinterher auf so wenige geschrumpft ist, so hart war's für ihn. Zuerst wurde er sogar eingesperrt. Ich hab' ihm Schmalzbrote und Apfelkuchen gebracht und mit den Soldaten gelacht und gescherzt, damit sie ihn mir ja gut behandeln. Gottlob hat ihnen mein Kuchen geschmeckt und nach drei Tagen, als der Dr. Dobel und auch mein Vetter Hans Sendlinger, der mit seinen Beziehungen gleich zum Ortsrat ernannt worden ist, sich für ihn eingesetzt haben, da ist er endlich wieder freigekommen, mein Armer.

Bürgermeister ist er dann erst wieder geworden, als die Deutschen von Tito's Partisanen vertrieben wurden, alle, alle sind sie weg, geflohen, erschossen, erhängt – und ich allein bin übrig.

Was hätte ich auch machen sollen?

Hätte ich auch gehen sollen, ihn verlassen, der sowieso krank vor Wut und Traurigkeit war, weil meine Enkel, Deutsche halt, sich auch noch freiwillig als Soldaten für die deutsche Wehrmacht gemeldet haben? Mein Leben war doch hier, mein Mann, mein Haus, mein Garten, das viele Obst, das versorgt werden musste. Das Haus vom Sohn daneben, das gleich die Partisanen beschlagnahmt haben, ich musste doch darauf achtgeben, dass sie's nicht zuschanden bringen, hab' auch gewartet auf den Sohn, der doch nimmer kam aus dem Krieg. Nur gut, dass ich meinen Miloslav hatte, ohne ihn wär' ich sicher ins Lager gekommen, wo's nix zu essen gab, wo die Menschen im Freien haben übernachten müssen und viele an der Verzweiflung und am Hunger zugrunde gingen. Stellt Euch vor, die Schaffers Matilde, die hat nach vier Jahren im Lager endlich die Papiere zum Ausreisen nach Deutschland zusammengehabt und dann hat doch ein einziges Papier gefehlt. Und die haben sie zurückgeschickt, wieder ins Lager, da ist sie ins Wasser gegangen, hat sich umgebracht. Aber ich hab' einen jugoslawischen Mann gehabt, der mich beschützt hat, auch wenn am Anfang alle meine Leute gegen unsere Verbindung waren, weil er kein Deutscher war und verheiratet auch noch. Nur weil ich Witwe war mit meinem Sohn, war's ihnen dann doch recht, dass ich versorgt war, – Jugoslawe hin oder her – und deutsch hat er ja auch gesprochen und gelesen, viele viele Bücher hat er gehabt. Ach, was für ein gescheiter Mensch das war, mein Lieber.

Es ist kalt, eiskalt; sogar hier im Haus kann ich meinen Atem sehen wie einen Rauch. Das Holz muss ich sparen, es ist nimmer viel da und wer weiß, wann mir jemand noch einen von den Bäumen fällen kann. Der Winter dauert lang, bald wird's schneien und dann kann's Wochen dauern, bis die Wege wieder frei sind.

Alt bin ich geworden, grau und faltig, meinen Spiegel hab' ich Lust zu verkaufen, aber wer kann den schon bezahlen? Niemand braucht einen goldenen Spiegel, so hoch wie eine Tür.

Früher, ja da war ich schön, so schön wie selten eine. Und dem Jankovic Miloslav war's ganz egal, dass ich nicht mehr taufrisch war und schon einen Bub hatte. Er hatte ab dem ersten Moment als er mich sah, beim Traubenkaufen auf dem Marktplatz, nur noch Augen für mich. Erst mal hat er dann seine Erkundigungen gemacht, wie ich heiß', wo ich wohn', warum ich immer nur schwarze Kleider anhab' und dann, wo er wusste, dass mein Mann fünf Jahre vorher an Lungenentzündung gestorben war, hat er's durchgesetzt, mich, wenn er mich beim Einkaufen entdeckt hat, nach Hause begleiten zu dürfen.

„Eine so schöne Frau ganz allein, das ist gefährlich", hat er gesagt. „Eine so schöne Frau ganz allein, das ist Sünde", hat er mir nach ein paar Tagen leise zugeflüstert. Mir ist es schon komisch geworden, aber gesagt hab ich nichts, nur ganz leicht gelächelt. Und einmal hat er dann meine Hand genommen und sie geküsst, einfach so, so zart, so bestimmt, eine Gänsehaut hab' ich gehabt und mir dann in der Nacht, wenn der Bub eingeschlafen war, vorgestellt, er würd' meinen Mund berühren, so zart, mit seinen Lippen.

Es ist wahr, ich bin alt, aber wenn ich träum' in der Nacht, spring' ich wieder mit meinem roten Rock über die Wiesen, hab' die schwarzen Gewänder abgelegt und seh' den Jankovic wie er im Gras auf mich wartet. Das war das Schlimme und das Schöne, dass er mich so geliebt hat, jeden Fetzen von meiner Haut, meine Ohrläppchen, meine Zehen, meine Ellbogen, meine Augenlider, dass er ganz verrückt war nach mir und ihm die Frau und die Kinder, die Religion und die Leute allesamt egal waren. Er wollte mich ganz, mit Haut und Haar, und nur für sich allein; seine Geliebte, seine Gefährtin und Freundin sollt' ich ihm sein.

Ich bin in die Kirche, hab' meine unkeuschen Gedanken gebeichtet – so viele Rosenkränze, so viele Ave Maria wie ich gebetet hab', das kann sich niemand vorstellen. Ich hab' gebetet, dass ich wieder reinen Herzens werd', bin gar sechs Wochen mit dem Kind zur Tante nach Budapest, um ihm zu entfliehen.

Die Leute haben eh schon geredet, die Aloisia, mit dem verheirateten Mann, ist die denn verrückt geworden, schämt die sich nicht? Geschämt hab' ich mich, auch wenn ja nur der Handkuss auf meiner Hand eingebrannt war, aber so gefühlt hab' ich mich, dass den jeder sieht, wie ein Brandzeichen, das mich zu seinem Besitz macht.

Aber alles war umsonst, der Pfarrer hat von Frevel und Sünde gepredigt, von dem, wie wichtig es ist, die Reinheit der Rassen zu bewahren und dass die Jugoslawen keine richtigen Christen sind. Der Jankovic ging schon nicht mehr in seine orthodoxe Kirche wo er die Jugoslawin geheiratet hat, mit der er die Milena und den Marko hatte, die ja noch jünger waren als mein Bub.

Egal war sie uns die Religion. Ja, wenn man jung ist, kann man sich über alle Traditionen und Gesetze leichter hinwegsetzen als jetzt im Alter. Als der Jankovic starb, hab' ich ihn doch auf seinem orthodoxen jugoslawischen Friedhof beerdigen lassen, hab' mein Klavier verkauft, um ihm vom Steinmetz einen wunderbaren schwarzen Marmorstein meißeln zu lassen, wie sich's für einen wichtigen Menschen gehört. Und der Jankovic war wichtig, nicht nur für mich, für die ganze Stadt! Stolz bin ich auf ihn, mit mir an der Seite ist er Bürgermeister geworden. Aber seine Geliebte wollt' ich nimmer werden, nur als Frau auf ihrem richtigen Platz hab' ich ihn haben lassen, was er so begehrt hat. Mit Hilfe von einem Freund im städtischen Amt hat er sich scheiden lassen, der Frau das Haus und den Hof überlassen, damit sie ihn in Ruhe lässt. Und dann haben wir im Standesamt geheiratet, nur eine Handvoll Menschen waren da. Den Bub hab' ich für zwei Tage zu den Großeltern gegeben, das waren unsere Flitterwochen. Zu mir ist er gezogen, hat nur einen Koffer mit Kleidern und einen mit Büchern gebracht.

Ob ich's bereut hab'? Ob mir die Jugoslawin mit den Kindern nicht leid tat? Es war wie es war und es ist wie es ist. Die hat den Hof und das Haus und die Kinder, ich hab' ja nur den Mann gehabt, und glücklich sind wir gewesen, dreißig Jahre lang; wär's besser gewesen, wir wären alle unglücklich? Die Milena hat's irgendwann eingesehen, ist gekommen, als es mit dem Vater zu End' ging, aber den Marko hat er nimmer gesehen. Die Jugoslawin hat's ihnen verboten, zum Vater zu gehen. Und für den Jankovic war mein Bub wie sein Bub und die Kinder vom Bub seine Augäpfel, seine allerliebsten Enkel. Fast der Vater hätte er sein können von dem Bub, von dem Leopold. Der hat ihn bewundert, hat ihn nachgeahmt, hat alle seine Bücher gelesen; der richtige Vater von ihm hat nie ein Buch auch nur in die Hand genommen, der hat nur an seine Weinberge und seine Schweine und Kühe und Pferde gedacht. Der Miloslav war halt ein ganz Gescheiter, hat sich ausgekannt mit Politik und Geschichte und konnte reden, so schön. Als er sich nicht mehr um seinen Hof hat kümmern müssen, hat er mehr Zeit gehabt für die Juristerei, und es hat gar nix ausgemacht, dass er nicht wie sein Bruder den Doktortitel gehabt hat: Die Leute sind Schlange gestanden, dass er sie anhört. Ein offenes Ohr hat er gehabt für alle, egal ob sie arm oder reich, Deutsche oder Ungarn, Jugoslawen oder Rumänen waren. Sogar einem Zigeuner hat er einmal geholfen, den sie beschuldigt haben, eine Gans gestohlen zu haben – und der war es nicht. So oft kamen die Leute mit Eiern, Kartoffeln oder Rüben, mit Wein oder Kuchen um sich zu bedanken; einmal hat sogar einer ein ganzes Spanferkel gebracht und wir haben drei Tage lang davon gegessen.

Das könnt' ich jetzt brauchen das Spanferkel. Mit Müh und Not kann ich einmal in der Woche ein richtiges Essen machen. Meistens gibt's nur eine Kartoffelsuppe oder ein Schmalzbrot. Aber wenn die Pakete ankommen, aus Deutschland, dann bin ich froh! Da stehen die Frauen bei mir Schlange wie früher beim Jankovic und streiten sich um die Nylonstrümpfe, die so dünn und seidig den Beinen schmeicheln. Wenn mich nur der Milo so gesehen hätt'! Mein Gott, immer noch wird's mir schwindelig, wenn ich mich an seine Hand auf meinem Schenkel erinnere. Er brauchte mich nur leicht berühren, brauchte sie gar nicht zu bewegen, die Hand, und schon ist mir so warm und so wohl geworden. Wenn er nur diese samtig weichen Strümpfe fühlen könnte und durch den Stoff meine Haut. Ich muss nur dem Enkel, dem Ferdinand und seiner Frau Beatrice schreiben, dass sie mir die hautfarbenen Strümpfe schicken. Alle wollen sie, dass man die Beine sehen kann, durch die Strümpfe, und die schwarzen kauft mir niemand.

Wo war ich noch mit meinen Gedanken? Welches Jahr ist nun? Die großen Enkel, Ferdinand und auch der Poldi, Leopold wie sein Vater, mein Bub, sind schon so lange weg. Der Krieg hat sie mir genommen, der Krieg und der Tito, der niemand von den Deutschen zurückkommen lässt.

Ärzte sind sie geworden, alle beide haben sie in Deutschland studiert, haben den Krieg überlebt, so kann ich nicht traurig sein, wenn auch niemand mehr hier ist, alles zugrund' geht, alles zerstört ist und verfällt. Am schlimmsten war's, als sie den deutschen Friedhof eingeebnet und zugebaut haben, die Partisanen! Gibt's denn keinen Gott? Gibt's denn keine Gerechtigkeit und keine Sühne für diesen gottlästerlichen Frevel? Ich geh' schon kaum mehr in die Kirche, so schön und groß wie sie ist, mit den herrlichen Bleiglasfenstern, den Wandmalereien, dem Altar, wenn doch all mein Beten nix nützt!

Und jetzt ist auch noch der Lazlo über die Grenze und hat mich verlassen, da hab' ich immer gebetet, er soll doch eine Arbeit finden und eine Frau, die ihn hier hält. Aber niemand will ihn anstellen, den Sohn von einem Deutschen. Alle schauen auf ihn herab und spotten über ihn und nicht wenige spucken auf den Boden mit Abscheu, wenn sie ihn auf ihrem Weg kreuzen.

So jung wie er ist, hat er schon so viele Mühen ertragen: Die Mutter, die Anuschka, die Ungarin aus dem jugoslawischen Dorf im Süden, nah bei den Weinbergen, hat sich nie um ihn gekümmert. Sie war die Magd beim Leopold und hat meinen Sohn grad um den Verstand gebracht mit ihren ausladenden Brüsten und ihrem wiegenden Gang. Drauf abgesehen hatte sie es und mein Sohn zu dumm, ihr nicht in die Falle zu gehen. Bald war sie schwanger und da war's zu spät. Die Frau vom Leopold, die Georgia, stolz und aus reichem Haus, hat Mann, Haus und Kinder verlassen und ist zu den Eltern nach Georgshausen zurück. Um den Ferdinand und den Poldi haben wir uns gekümmert, der Miloslav und ich, weil ja der Sohn mit den Weinbergen und der Anuschka beschäftigt war. So viel Leid kam über die Familie- aber die Kinder haben's nicht gemerkt.

Am Anfang waren sie wütend auf ihre Mutter, die der Leopold nicht zu den Kindern gelassen hat, wenn sie sie besuchen kam. Oft stand sie mit ihrem Fiaker und dem Fahrer stundenlang vor dem Haus, um wenigstens einen Blick auf die Buben zu erhaschen und hat auch manchmal mit verweinten Augen an meine Tür geklopft. Wenn der Leopold nicht da war, hab' ich ihr aufgemacht und ihr von den beiden erzählt oder sie dorthin geschickt, wo sie die Buben wohl finden könnte, in den Park oder auf den Berg.

Mein Sohn hat die Anuschka bald in ihr Dorf im Süden zurückgeschickt, damit niemand etwas merkt, von der Liebschaft und von dem Kind. Und dann, als der Lazlo geboren war, hat er sie wieder ins Haus gebracht und kein Wort mehr über das Kind.

Erst viele Jahre später, als der Krieg schon vorbei war, der Leopold vermisst und die Anuschka längst bei anderen Leuten Arbeit hatte, da stand irgendwann der Lazlo vor meiner Tür, mit einem kleinen Koffer und einem Papier, wo drauf stand, dass er der Sohn vom Leopold Wagner, meinem Sohn, war.

15 Jahre alt war er, konnte kein Deutsch, nur Jugoslawisch und ein bisserl Ungarisch.

Was hätte ich machen sollen? Ihm die Tür vor der Nase zuschlagen und hoffen, er geht wieder zurück, wo er hergekommen ist?

Dem Vater hat er ähnlich gesehen aber auch der Anuschka, mit den geschwungenen Augenbrauen und den vollen Lippen, zu voll für ein Mannsbild. Der Miloslav tot, die Enkel in Deutschland, der Sohn vermisst, Familie und Freunde gefallen, verjagt und verbannt, umringt von den Jugoslawen, die mich dulden, doch nur aus Achtung vor meinem Mann, bin ich doch auch eine der verhassten Deutschen: Aloisia Jankovic, geborene Sendlinger verwitwete Wagner, allein auf der Welt. Der Lazlo war auch allein auf der Welt, und so hab' ich ihn aufgenommen bei mir.

Es stimmt, er war ein Bastard, ein Schandfleck für die Familie, aber hat er was dafür gekonnt? War es seine Schuld, dass die Anuschka den Leopold umgarnt und verführt hat? Oder dass der Leopold sie gezwungen hat, mit ihm zu sein, so wie's das Luder dem Sohn erzählt hat? Es ist eh egal wie es war. Es war so wie es war und es ist so wie es ist. Der Lazlo hat nie jemand gehabt, der sich um ihn gekümmert hat, ist bei entfernten Verwandten von der Anuschka nur geduldet gewesen und mir ist das Herz bald geplatzt weil es niemand mehr gab, den ich hätt' lieben können.

Ich hab' ihn eingelassen, hab' ihm eine warme Suppe gemacht, hab' seinen Koffer ins Wohnzimmer gestellt und ihm auf dem Sofa das Bett gemacht.
Ich hab' ihm Fotos gezeigt, vom Vater, vom Großvater, von den Brüdern. Ich hab' ihm erzählt von den Weinbergen und dem Krieg.
Ich hab' ihm über den Kopf gestrichen, da hat er geweint.

Intermezzo I

Nach dem Friedhof – besser gesagt den fein säuberlich getrennten drei Friedhöfen – fahren wir zur katholischen Kirche: die Tür ist verschlossen. Ich hatte immer gedacht, Kirchen hätten keine Öffnungszeiten wie Banken, Geschäfte oder Museen. Gibt es eine Stunde, in der das Leid der Trostsuchenden, die Kerzen anzünden und sich zum Gebet setzen oder knien, je nach Glauben oder Alter, von Gott gehört werden kann und darf? Geschlossene Kirchen sind absurd und sinnlos. Früher scheint es anders gewesen zu sein. Vater erzählt, wie oft er auf dem Weg zur Schule hier in der Kirche zu einem kurzen Gebet anhielt, speziell an den Tagen der Klassenarbeiten oder auch wenn er seine Hausaufgaben nicht gemacht hatte.
Aber wir wollen unbedingt in die Kirche und so klingelt der jüngste Bruder im Pfarrhaus. Dem mittleren ist es etwas peinlich und mir auch, ich hätte nicht auf die Klingel gedrückt, aber ich möchte zu gern in die Kirche und mir Vater als Schüler auf einer der Bänke vorstellen, mit kurzen Hosen und zerschundenen Knien.
Der Herr Pfarrer persönlich macht auf, eigentlich hat er es eilig, muss in einer anderen Gemeinde eine Beerdigung halten (als ob das Warten auf den Pfarrer da noch einen Unterschied machen würde). Er spricht wenige Brocken deutsch, ist aber so freund-

lich, die Kirche extra für uns aufzumachen. Wie immer ist Vaters Serbisch mehr als hilfreich.

Die ehemals große Kirchengemeinde der Sankt-Gerhard-Kirche, die dieses Jahr ihr 150-jähriges Jubiläum feiert, ist auf weniger als fünfzig Katholiken geschrumpft. Die Kirche ist groß und wunderschön, im gotischen Stil erbaut, mit herrlichen Bleiglasfenstern und bunten Wandmalereien, die von Jesus' Lebens- und Leidensweg erzählen. Alle Inschriften sind auf Deutsch und da ich schon einige Stunden nicht geweint habe, fange ich jetzt wieder damit an. Wie verrückt, zu überlegen, dass in dieser Stadt mitten im tiefsten Serbien einstmals über die Hälfte der Einwohner deutsche Donauschwaben waren!

Zeit zum Besinnen und Beten bleibt nicht, wir wollen noch vor dem Essen in der Hodaja, dem Landgut des Großvaters Leopold, nach dem Rechten sehen.

Das Erinnerungsvermögen Vaters bringt uns auf die richtige Straße und wir halten mitten im hügeligen Gelände, umringt von Obstbäumen und Weinstöcken. Das kleine Haus steht leider nicht mehr. Am Ende des schmalen Wegs, der nach unten führt, vermute ich den Fluss, von dem Vater oft erzählt hat. Niemand will mit mir in diese Richtung gehen und wir haben es etwas eilig, doch ich gebe meinem Impuls nach und laufe los ... und laufe ... und laufe ... schade: Kein Fluss, nur Äcker und Reben, soweit das Auge reicht. Erst heute erfahre ich, dass es zwei

Landgüter gab. Im anderen ist der Fluss, in dem Großvater Leopold die Fische mit einem magischen Gemisch aus Maulbeerblättern, das er einige hundert Meter flussaufwärts ins Wasser schüttete, betrunken machte, bis sie torkelig vernebelt in die Körbe flussabwärts schwammen und so ohne große Mühe gefischt werden konnten. Das war verboten, aber mein Großvater scheint nicht viel von Gesetzen und Regeln gehalten zu haben. Die andere Hodaja war auch viel größer und lag ungefähr sechzig Kilometer südlich von Werschetz, wo der Boden sandig war. Nächstes Mal. Nächstes Mal? Man hätte mich vor der Reise fragen sollen!

Der Weg den Berg hinauf ist malerisch, wir halten kurz an der katholischen Kapelle auf halbem Weg, wo früher die Prozessionen an Ostern hinführten. Der Ausblick, kilometerweit über die pannonische Ebene, ist unvergleichlich und weit am Horizont erahnen wir die Donau. Die Burgruine (Kula), der sie zu Vaters Entsetzen tatsächlich ein Schieferdach aufgesetzt haben, lassen wir links liegen und schauen uns stattdessen eine der serbisch-orthodoxen Kirchen an, auch sie auf halber Höhe des Berges gelegen. Innen sieht es ganz anders aus: fremdartig und bunt und wie gut es riecht; ist das Weihrauch oder Myrrhe?

In Werschetz gibt es drei große Kirchen: Die serbische, die rumänische und die katholische, an welcher man auf den alten Postkarten die ganze Stadt erkennt, und die ohne Zweifel die Allerschönste war und ist. Auch das bescheidene evangelische Gotteshaus zeigt uns Vater bei der Gelegenheit, aber wahrscheinlich waren die deutschen Protestanten die allergeringste Minderheit in diesem von Serben, katholischen Deutschen, Rumänen und Ungarn geprägten, einstmals friedlichen Miteinander. Nach einigem Suchen und Irren finden wir endlich das Elternhaus. Die Umgebung hat sich ziemlich verändert, aber es steht; die Fassade ist gleich wie auf den alten Fotos, rechts vom großen Hoftor die ehemalige Weinhandlung und auch das Haus der Omama Aloisia links daneben ist noch da. Zu gern würden wir einen Blick hinter dir Kulissen direkt ins Herz der Vergangenheit werfen und so klopfen wir an die verschlossenen Türen, fragen uns, wie es hinter dem großen Tor wohl aussehen mag, wo sich früher hinter der Weinhandlung das Haus von Magd und Knecht, die Stallungen für die Pferde, die Schweineställe und sonstige Gerätschaften befanden. Der mittlere Bruder, der unsere Reise fotografisch dokumentiert, hält seine Kamera mit ausgestreckten Händen so hoch es geht über das Tor und schießt für uns alle ein Foto. Da ist kein Stall und kein Tier mehr. Was hatten wir erwartet? Neubauten rechter Hand, eine Einfahrt für Autos: Allein die Tiefe des Grundstücks lässt uns das Gestern erahnen, den Nussbaum, den Brunnen, die Fässer, die Ställe. Wir klopfen wieder. Niemand öffnet, nichts geschieht.

Irgendwann dann, eine der besten Ideen überhaupt: Wir werden es bei den Nachbarn versuchen. Das alte Ehepaar, das uns aufmacht, auch sie, wie alle, nur in den ersten Momenten abweisend und scheu, wird sich als unsere wichtigste Hilfe herausstellen. Feine freundliche Menschen, voll Interesse und Anteilnahme, die Dame zartgliedrig mit Gehhilfe, keckem Baskenkäppchen und warmen, lieben Augen und der Mann dazu, mit besonnenem Lächeln und Schildmütze, der nach einer Weile, von Vaters Erklärungen überzeugt, entschlossen am Haus der Omama klopft – ach, wie gern ich sie doch verstehen würde!

Das einzig Verständliche, was wir aus diesem serbischen Kauderwelsch herausfiltern können, ist immer wieder ein Name: Lazlo..........Lallo........Lazlo ....Lallo....

Sollte er wirklich noch hier leben, der uneheliche, ausgeschlossene und fast totgeschwiegene Sohn unseres Großvaters, Halbbruder des Vaters und demnach unser Onkel? Mir wird heiß und kalt, wer von uns allen die Augenbrauen am höchsten hochgezogen hat, weiß ich nicht, doch dieser Moment ist einer, den ich nie vergessen werde. Genauso wenig wie die Erscheinung, die uns schließlich die Tür öffnet: Ich könnte ja übertreiben, aber glaubt mir, die Wirklichkeit ist malerischer und märchenhafter als all meine Phantasie.

Ein uraltes knochiges Weiblein in Pantoffeln, ohne Zähne, mit weißem strohigem Strahlenkranzhaar und einem Glasauge. Sie erinnert sich und lässt uns ein, zeigt uns ihr Heim, Omamas Heim. Ist es glaubwürdig, dass, was rechts an der Wand hängt, mannsgroß und goldumrahmt, derselbe Spiegel ist wie vor 70 Jahren? Omamas Spiegel? In dem sich Vater als zwölfjähriger Junge widerspiegelt, in dem sie sich altern sah? Nein, ist es nicht. Und doch ist er da, der Spiegel ebenso wie der Garten von Omama mit den vielen Obstbäumen, etwas verbaut inzwischen, etwas verwahrlost und ungepflegt.

Die freundliche Alte zeigt uns alles, sogar das verbarrikadierte, ungenutzte Wohnzimmer, sucht Papiere, Verträge, Dokumente, um uns zu helfen, Lazlos Nachnamen herauszufinden. Sie erinnert sich und erzählt. Vater wird zum Simultanübersetzer, fast ohne es zu wollen oder zu hinterfragen, was sie da sagt. Wieder zurück in Deutschland werden wir Briefe lesen, Fotos nach Tatsachen durchforschen, Fragen über Fragen stellen und manch ein neues Puzzleteil zu unserem Bild hinzufügen können. Aber die ersten Mosaiksteinchen erhalten wir von ihr, geschenkt. Und ausgerechnet sie nimmt Vaters gutgemeinte Unterstützung in Euro nicht an, nicht wie alle anderen.

Aloisia II

Er ist mir ans Herz gewachsen, der Lazlo. Fünf Jahre ist es her, dass er bei mir wohnt. Es waren bessere Jahre als die davor, die ich ohne den Miloslav war, gehofft hab', dass der Leopold wiederkommt, aus dem Krieg. Stattdessen hat mir der Herrgott seinen Sohn geschickt. Er ist ein guter Bub. Er hilft mir beim Arbeiten im Garten, hackt mir das Holz, erntet mir das Obst, ist sich nicht zu schad', die Wäsche aufzuhängen oder den Boden zu kehren. Mir macht doch immer mehr mein Kreuz zu schaffen und ich kann nicht mehr, wie ich möcht´. Im Winter schippt er mir den Schnee, er geht für mich einkaufen und bringt die Briefe nach Deutschland zur Post. So oft schreib' ich den Enkeln, den großen, und ab und zu auch der Schwiegertochter Georgia, die Sehnsucht hat, nach der Heimat.

Nur wenn manchmal die Anuschka kommt, weil sie den Sohn sehen will, aber meistens nur, wenn sie Geld braucht, dann wird er so verschlossen und stockig, wie als ob er gerade erst angekommen wär´. Und so freundlich und sanft wie er immer ist, ist er dann nicht. Das letzte Mal hat er seine Mutter gar angeschrien, hat sie am Ärmel des Kleides gepackt und aus dem Haus gezerrt. Da hat er mich an meinen Bub erinnert. Der gleiche aufbrausende Charakter, von einem Moment zum nächsten nicht mehr wiederzuerkennen, als ob er vom Teufel besessen wär'.

Ich erinnere mich: Es war ein herrlicher Sommer, lang vor dem Krieg, auch lang vor der Affäre mit der Anuschka, als die Enkel bei den anderen Großeltern in Georgshausen auf dem Land waren. Da hat sich der Ferdinand ganz schlimm das Bein gebrochen, nach vorne stand die Ferse und die Zehen nach hinten, weil er ein Vogelnest ausgeräumt hat und dabei vom Baum gefallen ist. Als sie ihn gebracht haben im Fiaker, nach drei Tagen, hatten die Viehärzte dort wohl das Bein wieder in die richtige Lage gebracht, aber wenn sich der Miloslav nicht gekümmert hätte, dass Ferdinand von den Spezialisten in Werschetz operiert wird, wär' sein Bein um einige Zentimeter kürzer geblieben als das andere und womöglich hätte er sein ganzes Leben gehinkt! Mein Milo war so wütend, dass die Großeltern und Eltern nicht auf den Ferdinand aufgepasst haben, dass er von Stund' an nicht mehr geredet hat mit ihnen. Auch nicht mit dem Leopold und so kam´s zum Bruch mit dem Sohn, mit meinem Sohn.

Ich erinnere mich, dass ich heimlich zum Ferdinand bin, den sie mitsamt dem Bett und dem Gips in den Garten gebracht haben, weil's so warm war, damit er sich im Schatten des Nussbaums ausruhen konnte. Ich hab' ihm ein paar Süßigkeiten gebracht und ein Stückerl Schokolade. Als der Leopold, mein eigner Sohn, mich entdeckt hat, da beim Enkel, hat er

die Waschschüssel genommen und mir das Wasser ins Gesicht und über die Kleider geschüttet. Den gleichen Ausdruck hat der Lazlo im Gesicht gehabt, als er seine Mutter zum Haus hinausgeschmissen hat. Wenn eine Waschschüssel da gestanden wär', hätt' er sie gewiss genommen. Bastard hin oder her, er ist der Sohn vom Sohn, das lässt sich nicht leugnen. Er liebt Apfelkuchen und mag keine Birnen, könnt' jeden Tag Tomatensuppe essen und wenn die Kastanien reif sind , muss ich Kastanienroulade machen – rohe Milch dagegen ist ihm verhasst und wenn er Honig nur riecht, wird ihm schlecht. Wenn ich ihn laufen seh', seh' ich den Vater und wenn er niest, mein' ich grad', mein Leopold ist zurück.
Ach Lazlo, warum hast du mich verlassen?
Wie soll ich jetzt den Winter überstehen, mit so wenig Holz, wer wird mir den Gehweg vom Schnee befreien, wer mich zum Arzt begleiten, wenn meine Schmerzen noch stärker werden? Wer wird mir einen Tee kochen, wenn ich nicht aufstehen kann?
So schön waren unsere Abende, wenn wir uns aufs Sofa gesetzt haben und du mich nach allem gefragt hast, was du wissen wolltest: Alle Geschichten von früher, als dein Vater klein war, welche Streiche und Dummheiten er gemacht hat, wie er studieren ging, warum er zurück ist und wie er sich um die Weinberge gekümmert hat und wie viele Weinberge er hatte und wo, und wie er zu den Söhnen war und wie sich der Ferdi das Bein gebrochen hat und wie der Poldi

den Arm und wie sie Akkordeon gespielt haben und ob du nochmal die Briefmarkenalben vom Ferdi sehen kannst. Deine Fragen haben kein Ende genommen und fast immer wolltest du wissen, ob der Vater dich gekannt hat, ob er dich gern gehabt hat, ob er die Anuschka geliebt hat. Ganz bestimmt hat er sie geliebt, deine Mutter, hab ich dir gesagt; sonst hätten sie dich ja nicht bekommen. Und dich hat er auch geliebt, aber dann kam der Krieg.

Gott verzeih' mir, dass ich den Krieg als Ausrede benutz'. Um den Lazlo zu schonen, erfind' ich eine neue Wirklichkeit, die von der Wahrheit weit entfernt ist.

Der Krieg ist das Allerschlimmste, was einem Land geschehen kann, was den Menschen geschehen kann, egal ob sie gewinnen oder verlieren. Niemand gewinnt. Tote gibt's auf beiden Seiten und Überlebende, denen die Seele gestorben ist.

In meiner Stadt haben wir friedlich miteinander gelebt. Es war unmöglich, sich vorzustellen, ein Deutscher von uns würde auf einen Werschetzer Jugoslawen schießen, nur weil er Jugoslawe war. Und genauso wenig wollten die Jugoslawen am Anfang die Deutschen Banater umbringen.

Was ist nur geschehen?

Immer wieder versuch' ich zu verstehen, wie das hat passieren können, wie die Menschen so verroht sind; zu Tieren sind sie geworden. Von Politik und Geschichte weiß ich nicht viel, aber die Menschen hab ich gedacht, zu verstehen. Wir sind doch alle gleich, egal welche Farbe, welche Rasse, welche Religion. Egal wie der Herrgott heißt, ist er doch der Gott von allen, wenn es ihn gibt. Und alle wollen glücklich sein, zu essen haben, Kleider, ein Dach über dem Kopf und jemand zum Lieben, die Frauen brauchen den Mann und die Kinder und die Männer die Frauen und die Arbeit. Wie sind alle nur so verrückt geworden in der Uniform!

Es stimmt, auch ich hab gefeiert, als die Deutschen Jugoslawien besetzt haben. Das ist meine Schuld, die ich trag'. Als dann der Ferdinand Fähnleinführer geworden ist, war ich stolz auf den feschen Enkel, der die ganze Schar Buben geleitet hat. Miloslav hingegen war entsetzt, hat mit den Buben diskutiert, aber die waren wie verblendet, betört von den hitzigen Reden vom Führer, betört von der Idee der Weltherrschaft und der überlegenen Rasse. Überlegen, dass ich nicht lache! Überlegen in den Grausamkeiten, die sie erfunden haben. Wenn nur ein deutscher Soldat zu Schaden kam, von den Partisanen ermordet, haben die gleich dreißig Männer von den Jugoslawen erschossen, Zivilisten, die doch gar nichts von den Partisanen wissen wollten, ja teilweise durch die vielen Volksdeutschen sogar sympathisiert haben mit uns.

Wie konnten sie nur?

An einem Abend kam der Ferdinand heim. Ich hab gleich gemerkt, dass etwas nicht stimmt – er war heiß, hat geglüht am ganzen Körper, Schüttelfrost gehabt und einen Kopf, so rot wie die Äpfel, wenn sie ganz reif sind. Die Wadenwickel haben das Fieber nicht gesenkt, der Wacholdertee keine Besserung gebracht, er hat gezittert und gebebt am ganzen Leib. Es war kein normales Fieber, die Augen waren weit offen, das Gesicht zur schmerzerfüllten Fratze verzerrt und in der Nacht kamen die Albträume.

Ferdinand hat sich im Bett gedreht und gewälzt, ich hab' seine Hand gehalten, ihm über den Kopf gestrichen, aber er hat mich nimmer erkannt, hat fantasiert und geschrien, meine Hand weggeschüttelt und mit der Faust gegen die Wand geschlagen. Die Hand hat geblutet, die weiße Wand mit roten Spritzern, fremden Buchstaben gleich, die niemand versteht. Er hat um sich geschlagen im Wahn, hat die Wand geprügelt mit beiden Fäusten, als ob er gegen sie kämpfen müsst, als ob er sie besiegen könnt, die weiße weiße Wand.

Der Miloslav war nicht zu Hause und Leopold seit Tagen im Landgut im Süden, wo die Weinberge gespritzt werden mussten. So hab ich den Knecht vom Leopold gerufen, und den Poldi auch, und dann haben wir den Ferdi zu dritt festgehalten, bis er sich beruhigt hat und endlich in einen unruhigen Schlaf gefallen ist. Ich hab ihm Laudanum-Tropfen eingeflößt und direkt danach einen großen Schluck Traubenschnaps.

Er hat mir nie erzählt, was war. Und ich hab' mich nicht getraut, ihn zu fragen.

Der Miloslav ist spät in der Nacht, als der Enkel endlich geschlafen hat, zurückgekommen von einer geheimen Versammlung der Jugoslawen, die versuchen wollten, die deutschen Besetzer zur Vernunft zu bringen. Sie wollten ihnen erklären, dass ihre gemeinen Racheakte nur den Partisanen dienen würden, die immer mehr Zustimmung und Zulauf von der Zivilbevölkerung erhielten, je grausamer und willkürlicher die "Bestrafungen" der deutschen Besatzermacht ausfielen. Ja, so hat es angefangen.

Am vorigen Tag hatten die Partisanen in Pančevo einen deutschen Soldaten erstochen und an diesem Nachmittag haben sie auf dem Marktplatz dreißig unschuldige Menschen aufgehängt, für alle sichtbar; der jugoslawische Lateinlehrer von den Kindern war auch darunter. Das hat er mir erzählt in dieser Nacht, der Miloslav, und wir fallen uns in die Arme und weinen und schluchzen und jeder will den anderen halten und trösten, doch wir finden keine Worte und kein Halt ist da und kein Gott, zu dem man beten könnt'. Und dann ist es weitergegangen.

Schon nach wenigen Wochen ist klar gewesen, dass die Reichsdeutschen sich wenig daraus gemacht haben, was wir Einheimischen denken – die Ortsräte, die sie zu unseren lokalen Herrschern ernannt haben, waren nicht die, die wir gewählt hätten. Es waren die, die am lautesten ihr "Heil Hitler" gebrüllt haben. Sie haben uns schikaniert, ihre Macht ausgenutzt, und uns zu immer höheren Abgaben gezwungen. In diesen Jahren mussten wir fast die ganze Ernte abgeben, um die Feldzüge der Deutschen zu unterstützen, die inzwischen auch noch Russland unterwerfen wollten. Die wehrpflichtigen volksdeutschen Männer mussten einrücken, nur die ganz Jungen und ganz Alten durften in den Dörfern bleiben.

Das waren schlimme Jahre: Als geerntet werden musste, haben die Frauen und Kinder von morgens bis abends auf den Feldern und in den Weinbergen gearbeitet. Und wofür? Fast alles haben sie uns weggenommen, es gab immer weniger zu essen, und immer mehr Kummer und Leid. Die Nachrichten von der Front, von den ersten Gefallenen, waren verheerend.

Und unsere Buben sind auch Soldaten geworden, haben sich freiwillig gemeldet. Wie sich der Miloslav mit ihnen gestritten hat, wie er versucht hat, sie zum Bleiben zu überreden. Er hat immer so viel Einfluss auf den Ferdi und den Poldi gehabt. Sie haben ihn bewundert und geliebt, haben mehr mit ihm geredet als mit dem eigenen Vater, mit dem sie sich ja entzweit hatten wegen der Geschichte mit Anuschka. Wie oft ihnen der Opa Geld gegeben hat, für die Hefte und Stifte, für Süßigkeiten; hat dem Ferdi herrliche Briefmarkenalben geschenkt, und dem Poldi die Bücher über Philosophie.

Außer sich war er, als die zwei in den Krieg gezogen sind, gewütet hat er, geweint und sich Vorwürfe gemacht, wegen der Operation vom Bein. Warum nur hab' ich die Ärzte gerufen, warum haben die das Bein vom Ferdi so gut gerichtet? Wenn er ein Bein kürzer gehabt hätt' als das andere, hätten sie ihn sicher nicht genommen als Soldat! Nur ich bin schuld, ich allein!

Doch was dann kam war noch viel schlimmer. Und da war es gut, dass die Buben nicht mehr da waren, nicht die beiden und nicht ihr Vater, der Leopold.

Weitergegangen ist es, auch wenn niemand sich vorstellen konnte, was noch passieren könnte, es ist immer noch schlimmer geworden, unvorstellbar schlimm. Als es soweit war, dass das deutsche Heer verloren hat und auf dem Rückzug und auf der Flucht war, haben die Partisanen die Herrschaft übernommen.

Hab' ich gesagt, die Deutschen waren überlegen in ihren Grausamkeiten?

Mit gleicher Münze heimgezahlt haben sie's, die Partisanen von Tito. Uns heimgezahlt, die wir Deutsche waren. Zuerst sind sie an unsere Ernte, dann an das Silber, den Schmuck, die Häuser, die Frauen. Ich erinnere mich, als sie das Haus vom Leopold enteignet haben, die Weinberge verstaatlicht.

Ich erinnere mich, als sie die Männer, die noch in den Dörfern waren, mit den Zügen gebracht haben. Im Bahnhof von Werschetz wurden sie ausgeladen und ins Gefängnis gegenüber vom Bischofspalais gebracht. Ich erinnere mich an die Schreie. Ich erinnere mich, dass der Miloslav hin ist, den befreundeten und bekannten Leuten hat helfen wollen, mit den Partisanen geredet hat und auch manch ein Geld dort gelassen hat. Einige wenige haben sie freigelassen und die sind geflüchtet, nach Ungarn, nach Österreich, und über diese Länder nach Deutschland. Aber die allermeisten haben nicht überlebt. Alte Männer, ganz junge Buben auch. Sie wurden verprügelt, gefoltert, ihnen die Knochen zerschlagen. Sie mussten auf der Schinderwiese große Gruben graben, tagelang und dann, an einem Tag im Oktober, hörten wir Schüsse, ganze Salven von Schüssen. Da haben sie alle Gefangenen erschossen.

Die, die sie noch nicht umgebracht hatten, auch die Frauen und Kinder, kamen entweder in Arbeitslager in der Nähe, oder wurden mit Zügen nach Russland gebracht. Manche haben überlebt, wie die Gundels Liesel, die mir einen Brief geschrieben hat, nach dem Krieg: Sie kamen an in Russland bei minus dreißig Grad, ohne eine geheizte Unterkunft, ohne warme Kleidung und hatten kaum etwas zu essen. Sie mussten Steine aus dem Steinbruch in das Dorf tragen. Ihr Baby ist auf dem Transport gestorben, ihr fünfjähriger Sohn nach einigen Wochen in Russland. Der Boden war gefroren, so haben sie die ganzen Leichen im Freien aufeinandergestapelt und erst im Frühling begraben. Jetzt ist sie in Deutschland, hat eine Arbeit als Verkäuferin gefunden. Ihr Mann kam nicht wieder aus dem Krieg, aber sie hat ihre Schwester wiedergefunden. Beide hatten die Adresse einer entfernten Verwandten in Wien und so, über die Briefe, haben sie sich wieder vereint.

Wie kann man das alles überleben, ohne dass einem die Seele stirbt?

Ab 1944 waren alle Deutschen in Jugoslawien vogelfrei, jeder konnte mit ihnen machen, was er wollte, ohne dass er dafür hätte bestraft werden können. Alles Eigentum der Deutschen ist an die neue Regierung gefallen. Nur ganz wenige sind noch übrig. Frauen, so wie ich, die jetzt einen jugoslawischen Namen haben.

Aber auch wenn ich sie auf der Straße seh' oder in der Kirche, wir sprechen kein Deutsch mehr miteinander. Haben unsere Sprache verloren. Auch unseren Friedhof. Und unsere Geschichte.

Nicht einmal mehr die Helden deutscher Abstammung, die hier gelebt haben, haben noch ihr Denkmal. Schon lang sind sie aus den Geschichtsbüchern gestrichen worden. Ein Wunder ist's, dass sie die Kirche haben stehen lassen; nur geplündert ist sie worden, schon gleich nachdem die Partisanen da waren. Die Predigten sind jetzt auf jugoslawisch, die Bänke sind leer. Aber wenn mir das Kreuz nicht zu sehr weh tut, geh' ich doch am Sonntag zur Messe.

Der Herr hört mich nicht, der Lazlo ist nach Deutschland. Schon seit zwei Wochen ist er weg und ich hab' noch keine Nachricht wo er ist und wie's ihm geht. Rosenkranz um Rosenkranz bete ich. Herr, erhör' mich!

Intermezzo II

Erst vor wenigen Jahren hat mir mein Vater erzählt, dass unser Großvater mit dem Hausmädchen Anuschka einen Sohn bekommen hatte, Lazlo, den er selbst zwar nie gesehen hat, aber der sich um die Omama vom Vater, Aloisia, gekümmert hatte, bevor sie starb.

Unsere liebe zahnlose und einäugige Dame, die schon ein wenig an eine Hexe erinnert – und ich hasse mich für diese Assoziation – blickt zurück: Lazlo erbte nach dem Tod der Omama deren Haus und verkaufte es an sie, die erzählt. Dann sei er mit dem Erlös des Verkaufs nach Deutschland gereist, um seine Brüder zu suchen und das Geld mit ihnen zu teilen. Die Brüder hätten ihn nicht empfangen und so kehrte er unverrichteter Dinge nach Werschetz zurück und sei dann kurz danach nach Argentinien ausgewandert.

Ich unterdrücke die Tränen, doch die innere Kälte, die ich fühle, wird weder durch Vaters Einwand, Lazlo hätte sich nie bei ihm gemeldet, noch durch die flapsigen Bemerkungen meiner Brüder – wer weiß, vielleicht ist er ja mit dem ganzen Geld nach Argentinien abgehauen? – geringer, und später, bei jedem Fund, der unsere Geschichte ausmalen wird, aufs Neue ausgelöst. Zurück nach Werschetz, zurück ins Haus der Omama, wo inzwischen der englisch sprechende Enkel unseres alten Weibleins aufgetaucht ist. Wenn ich doch nur wieder dort wäre. Ich würde ihm eindringlicher erklären, wie wichtig es für die Suche nach Lazlo ist, die mir in diesem Moment zur Aufgabe wird, seinen Nachnamen zu kennen, würde das Papier mit seiner E-Mail-Adresse sorgfältiger aufbewahren.

Wir bleiben lange, fasziniert von der Tatsache, wirklich im Haus, in der Küche von Omama, unserer Urgroßmutter, zu sitzen, dankbar und ein bisschen schlauer. Für die Fahrt in den Geburtsort unserer Oma Georgia, ist es zu spät geworden, aber alles hat seine Zeit und seinen Sinn.

Vater erinnert sich an den Weg vom Elternhaus zum Bahnhof und so machen wir einen kurzen Abstecher dorthin. Gelbes, unwirkliches Licht, ein Penner links in der Ecke des riesigen Gebäudes, das unversehrt von Krieg und Zeit sein Dasein rechtfertigt, derselbe Mosaiksteinboden, die eisernen Handläufe, die die Warteschlange zum Fahrkartenschalter leiten, die hohen Fenster und Türen, die Gleise. Irgendwann ein Güterzug, der doch nicht anhält. Und mir fehlt nur das baumelnde "Werschetz"-Schild für das perfekte Foto. Wir sind mitten im Drehbuch für den Film.

Vater kam oft mit dem Opa und seinem Bruder Poldi auf den Bahnhof. Die Kinder waren fasziniert von den Zügen, den großen Lokomotiven, dem Lärm, dem Rauch. Nur wenig spannendere Ausflugsplätze konnten sie sich vorstellen. Der Opa nahm beide fest an die Hand, damit sie von dem heranfahrenden, schnaufenden und gefährlichen Ungetüm nicht erfasst wurden. Er erklärte den Kindern, wie die Lokomotiven beheizt werden mussten, wie der Dampf entstand, wie viel Getreide und Mais ein einziger Wagen fassen konnte; dann mussten die zwei um die Wette ausrechnen, wie viel Getreide also ein ganzer Zug transportieren konnte, wenn er zwölf oder achtzehn Wagen lang war. Das war natürlich nicht gerecht, immerhin war mein Vater Ferdinand ein ganzes Jahr älter als sein Bruder. Aber das war dem Opa egal. Wer die meisten Rechnungen richtig gemacht hatte, durfte sich dann auf dem Heimweg im Schreibwarengeschäft etwas kaufen. So kam es, dass Vaters Briefmarkensammlung immer grösser wurde. Die Omama war eher für die Süßigkeiten zuständig und da sie ja gleich nebenan gewohnt hat, hatten die Kinder keinen Mangel an Bonbons und Schokolade. Aber alles was die Förderung ihrer geistigen Wachheit anging, sei es das Rechnen, Lesen, die Logik und Philosophie, war Sache des Großvaters.

Er schwärmte noch immer von der Zeit, als er jeden Morgen mit dem Zug nach Belgrad in die Universität fuhr und versprach den Kindern dieselbe verheißungsvolle Zukunft: "Ja, wenn ihr erst eure Matura habt, dann werdet ihr jeden Tag Zug fahren können!" "Das muss man sich mal vorstellen, jeden Tag Zug fahren", mein Vater erinnert sich, wie erstre-

benswert ihm das damals erschien, als er allen Zügen mit Bedauern nachsah, bis nur noch ein kleiner Punkt am Horizont von ihnen übrig war. "Und nur einmal sind wir wirklich mit dem Opa Zug gefahren", fällt ihm jetzt ein, "kurz vor dem Einmarsch der deutschen Truppen in Jugoslawien. Da gab es eine große Ausstellung im Stadtmuseum von Belgrad über die Geschichte Europas. Was wir dort gesehen haben, kann ich Euch beim besten Willen nicht mehr sagen, aber an das Gefühl, endlich im Zug zu sitzen der wegfährt, und nicht zu den Menschen auf dem Bahnsteig zu gehören, die ihm nachsehen müssen, an das erinnere ich mich genau."
Wir sind immer noch auf dem Bahnhof, der eine unglaubliche Anziehungskraft auf uns ausübt, ähnlich wie früher auf den Vater. Ich verstehe den Bettler, der sein Lager in der Ecke der riesigen Abfahrtshalle aufgeschlagen hat. Ob er freiwillig bleibt? Ob er nur zu gern den nächsten Zug nähme, in eine andere Zukunft? Ob er wartet und auf wen?
Ob Lazlo nach dem Tod der Omama von hier aus abfuhr, Richtung Deutschland, Nematschka?

Aloisia III

Heut hab' ich einen Brief vom Lazlo erhalten! Es geht ihm gut, nur bis Deutschland ist er nicht gekommen. An der Grenze haben sie in seinen Papieren gesehen, dass sein Vater ein Deutscher ist und haben ihn nach Pančevo zum Verhör gebracht. Da ist er noch. Eingesperrt haben sie ihn, er hat doch nichts verbrochen, mein Gott!

Ich bin aber gleich zum Rechtsanwalt. Der Sohn vom Dr. Jankovic, Branko, also der Neffe vom Miloslav, der Slobodan, ist auch Advokat geworden. Seit der Miloslav tot ist, das sind heuer schon fünfzehn Jahr', hab' ich die Kinder vom Branko nur bei der Beerdigung ihrer Mutter gesehen und dann manchmal, wenn ich sie auf der Straße treff', reden wir ein Weilchen und ich lad' sie ein, sie sollen mich besuchen kommen. Aber öfter als zwei oder drei Mal waren sie nicht da. Slobodan hat mir versprochen, dass er sich wird kümmern, dass sie mir den Lazlo wieder freilassen. Er wird gleich morgen früh nach Pančevo fahren und mit den zuständigen Leuten reden. Der Lazlo hat doch nichts Schlechtes gemacht, im Krieg war er noch ein Baby und jetzt ist er ja erst zwanzig Jahr´ alt. Ich hab ihm gleich ein Geld geben wollen, für seine Ausgaben, aber er hat's trotz meinem Drängen nicht annehmen wollen. Er ist doch ein richtiger Jankovic, einer wie mein Milo. Und jetzt geh' ich in die Kirche, will beten, dass sie gut sind zum Lazlo, dass sie mir ihn bald wieder hergeben!

Slobodan I

Was nur mein Onkel mit dieser Frau gewollt hat?
So ein störrisches, dickköpfiges deutsches Weib! Wo
er so viele Frauen hätte haben können, so beliebt
wie er war. Und gut ausgesehen hat er bis zuletzt.
Aber nein, die und nur die hat er gewollt. Als ob es
keine andere Frau gäbe auf der Welt; wäre er doch
bei seiner Duschanitza geblieben und wenn es ihm
zu langweilig wurde, hätte er sich im rosa Haus ver-
gnügen können, wo die Auswahl groß war an allem,
was das Herz begehrt. Da war die rundliche Svetis-
lava mit den feisten Schenkeln und den blonden
Locken, hochgesteckt zur Pompadour-Frisur, die,
wenn sie richtig in Fahrt kam, aufgelöst bis zu ihrem Hinterteil reichten. Auch die brünette Mitza
war ein Schmaus für die Augen und erfahren in allen Varianten der Liebeskunst. Es ist wahr, sie hatte
nicht viel Oberweite, aber wer braucht das schon
bei diesem Hintern! Apropos Apfel: den schoss mit
Sicherheit die Lisette ab, die schon in Paris im
Moulin Rouge getanzt hat. Eine echte Französin,
mit so viel Sexappeal und Charme, dass man eine
Woche im Voraus reservieren musste, um von ihr
verwöhnt zu werden.
Auch eine Geliebte hätte sich der Onkel leisten können. Niemand hätte sich etwas dabei gedacht; am al-
lerwenigsten mein Vater, der ebenso wie ich,
manchmal über einige Jahre hinweg seine Maitres-

sen hatte. Ich verstehe wirklich nicht, warum er sich die Aloisia nicht als Geliebte gehalten hat, bis sie ihm langweilig geworden wäre.

Stattdessen hat er sie geheiratet, der Idiot. Natürlich war es am Anfang vorteilhaft für seine Karriere. Von heute auf morgen war er bei der deutschen Bevölkerung bekannt, die damals sehr viel Einfluss auf das Stadtgeschehen hatte. Während der Besetzung durch die deutsche Reichsmacht kam es ihm auch zugute, eine deutsche Frau zu haben. Aber dann mit den Partisanen sah es anders aus: Zuerst ist er kurz wieder Bürgermeister geworden, aber nachdem die Deutschen dann offiziell gebrandmarkt und verbannt wurden, haben die Intrigen schnell zu seinem Fall geführt. Naja, dann ist er auch bald gestorben, nur zwei Jahre, nachdem der Krieg vorbei war.

Und ich hab jetzt die Tante auf der Pelle! Ich habe gedacht, ich sehe nicht recht, als ich sie die Stufen zur Kanzlei heraufkommen sah. Dann habe ich kurz überlegt: Jetzt wo alle Deutschen weg sind, auch dieser Bastard vom deutschen Sohn der Tante, vielleicht will sie ein Testament aufsetzen? Was läge näher, als das Haus und das Grundstück mir, dem Neffen vom Mann zu vermachen? Auf einmal war ich mir sicher, es geht um die Erbschaft! So habe ich sie empfangen und war freundlicher und zuvorkommender als ich es normalerweise bin.

Stattdessen erzählt sie mir etwas von Grenzern, Verhören, und von diesem deutschen Bastard mit ungarischem Namen. Ich versuche sie davon zu überzeugen, dass es sicher nicht mehr lang dauert, bis sie diesen Lazlo wieder freilassen, dass sie in die Justiz Vertrauen haben sollte. Da fängt sie an zu weinen, nimmt meine Hände – muss das sein? – und beschwört mich im Namen meines Onkels, ihr zur Seite zu stehen und zu helfen. Alle meine Abwehrversuche und meine Ausreden bringen sie nicht davon ab, sie lässt nicht eher locker, bis ich ihr versprochen habe, dass, so wahr ich Jankovic Slobodan heiße, Lazlo wieder auf freien Fuße kommt.

Am Tag darauf bin ich mit dem Zug nach Pančevo gefahren und habe tatsächlich den Enkel von Aloisia im Gefängnis gefunden. Sie hätten ihn noch ein paar Tage dabehalten, um ihm zu zeigen, dass man nicht mit ihnen spaßen kann, dass er nicht so einfach mir nichts dir nichts über die Grenze kann. Wo gibt es denn sowas? Wo kämen wir denn da hin? Wenn da jeder auf die Idee käme? In Wirklichkeit ist es ihnen recht, dass ich ihn abhole, es mache keinen Spaß mehr, ihn zu drangsalieren, er sei verstockt und weine den ganzen Tag, eine rechte Memme sei er!

Auf dem Weg zum Bahnhof ist er ganz stumm, der Junge. Er dürfte nicht älter als zwanzig Jahre sein. Erst als wir im Zug nach Werschetz sitzen, kommt er langsam und stotternd zu Wort. Er findet keine Arbeit, will nach Deutschland fahren, um dort Arbeit zu suchen oder zu studieren. Er erzählt mir von seinen Brüdern, die es auch geschafft hätten und ich denke mir: Brüder? Welche Brüder? Frage ihn, wen er meint mit Brüder.

"Ferdinand und Leopold," sagt er, ohne mit der Wimper zu zucken," die beiden großen Buben vom Vater". Und jetzt, wo er "Vater" gesagt hat, fängt er wieder an zu weinen. Und erzählt mir, wie er während des Verhörs, als die Beamten den Namen von Leopold Wagner erwähnen, hört, wie einer von den Richtern zum andern sagt: "Was? Leopold Wagner? Das muss derselbe sein, der 1954 von Ungarn aus über die Grenze nach Jugoslawien gekommen ist, zusammen mit drei Ungarn. Den haben wir da festgenommen".

Der Junge tut mir leid, er ist kein schlechter Kerl, nur viel zu weich! Die Tante hat geheult vor Freude, als ich ihn ihr gebracht habe. Beide haben geheult.

Natürlich hat er seiner Großmutter als Erstes erzählt, dass sein Vater, von dem wir alle gedacht haben, er sei ihm Krieg gefallen, neun Jahre nachdem der Krieg vorbei war, zurück nach Jugoslawien wollte. Und seit dem Tag, an dem ich Lazlo gebracht habe, kommt die Aloisia ständig in die Kanzlei. Ich soll hierhin und dorthin, soll mit den zuständigen Leuten sprechen, soll herausfinden, wo er im Gefängnis ist, ihr Sohn. Sie ist wie besessen von der Möglichkeit, dass er noch lebt. Sie hat schon zwei Briefe an Tito geschrieben, an ihn höchstpersönlich! Ist es zu fassen? Und das als

Deutsche, die von Glück sagen kann, dass sie noch hier leben darf! Die Frau ist starrsinnig und verrückt! Wahrscheinlich hat sie mit dieser Sturheit auch den Onkel bedrängt, bis er sie geheiratet hat!

Jetzt sind wir im Jahr 1962, es ist acht Jahre her, dass sie ihren Sohn gefangen haben. Die Wahrscheinlichkeit, dass die sich damit zufrieden geben, ihn lebenslang einzusperren, und dadurch auch noch Kosten haben, ist verschwindend gering. Und das auch nur für den Fall, dass es wirklich wahr ist, was der Lazlo beim Verhör in Pančevo aufgeschnappt hat.

Aber die Tante schafft es trotzdem. Nach tagelanger Belagerung gebe ich auf. Ich werde Erkundigungen machen, nach Belgrad fahren und mich beim Gericht beschweren, werde Auskunft verlangen, dass offengelegt wird, was mit Leopold Wagner geschah. Es wird sie ordentlich was kosten, die Aloisia!

Aloisia IV

Ich bin müde. Die Freude, dass der Lazlo wieder da war, die Hoffnung, meinen Sohn lebendig wiederzusehen, hat meinen Körper leicht gemacht, Luftsprünge hätte ich machen können, weinen vor Glück. Und stark geworden bin ich, gleichzeitig mit der Leichtigkeit ist mein Verstand ganz klar und mein Willen zu Stahl geworden. Nicht eher wollte ich ablassen von der Suche nach Leopold, als bis ich ihn fänd', lebendig oder tot. Es gibt wenig Schlimmeres und wenig Schöneres als diese Ungewissheit, die Platz zum Hoffen lässt.

Ich hab' dem Tito geschrieben, zwei Mal. Ich hab' meine Teppiche verkauft, um den Slobodan zu bezahlen, der bei den allerhöchsten Richtern in Belgrad vorgesprochen hat, Untersuchungen eingefordert und mit Klage gedroht hat und allen Hinweisen auf der Spur war. Es hat alles nichts genützt.

Ist es besser, jetzt wo ich weiß, was passiert ist? Dass sie den Leopold neun Jahre nachdem der Krieg aus war, festgenommen und verurteilt haben, als Kriegsverbrecher vor dem Militärgericht, zum Tod durch Erschießen?

Für mich ist es schlimmer jetzt.

Das unfassbare Grauen, zu wissen, er hat den Krieg überlebt, nur um dann gegen alles Recht doch das Leben lassen zu müssen, auf das Ende zu warten, bei vollem Bewusstsein. Er war so in meiner Nähe

und ich hab's nicht gewusst, konnt' ihn nicht ein letztes Mal umarmen. Es gibt kein Grab, wo ich ihn besuchen könnt', keinen Grabstein, auf den ich schreiben könnt', wie sehr ich ihn geliebt hab'.
Hab' keine Tränen mehr und keine Kraft. Nur eine Frage, die sich ausbreitet in meinem Kopf und keine anderen Gedanken mehr zulässt: Warum ist der Leopold nicht nach Deutschland gegangen von Ungarn aus? Warum nach Jugoslawien zurück? Warum nicht nach Deutschland?
Es war so wie es war, und es ist so wie es ist.
Aber warum?

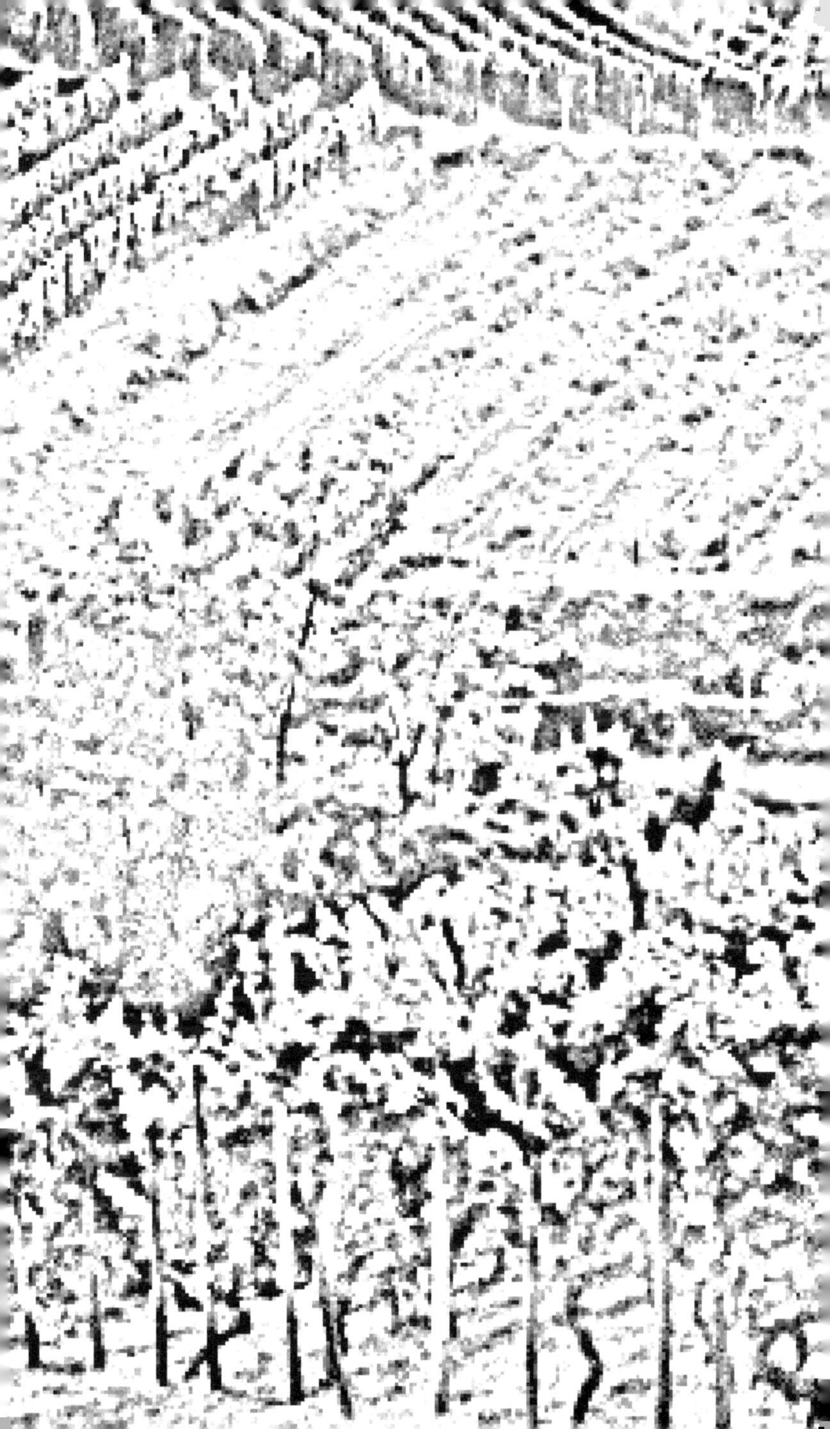

Intermezzo III

Unser letzter Abend in Werschetz ist angebrochen. Wir sind bei den Vermietern zum Abendessen eingeladen, das heißt eigentlich zur Torte. Seltsam um diese Zeit, es ist acht Uhr abends und wir haben eigentlich mehr Lust auf etwas Salziges. Gott sei Dank gibt es zuerst eine Art Quiche Lorraine und erst danach die Torte: Perfekte Cheesecake-Stückchen, so gut, dass ich gerne das Rezept davon hätte; tatsächlich haargenau die gleichen, wie einen Tag später in der Auslage des Flughafenrestaurants in Belgrad. Seltsam, dass nur wir essen, die Gastgeber sind eigentlich nur um unser Wohl besorgt, und sehen uns beim Essen zu. Seltsam, dass wir zuerst im Hauptwohnhaus im Wohnzimmer Platz nehmen, wohl um den gesamten, mit Kunst in jeglicher Form und Richtung gefüllten Wohnbereich mit offener Küche zu bewundern, um danach von dort, wo es unbeheizt und ungemütlich kalt ist, ins wohltuend warme Gartenhäuschen umzusiedeln, wo am gedeckten Tisch Vater direkt neben dem Kachelofen sitzen darf, um dann Wein, Quiche und Cake zu genießen.

Es wird ein interessanter und schöner Abend. Wir unterhalten uns auf Englisch und Serbisch, Andrea und ihr Mann Peter sind aufgeschlossene, freundliche und geistreiche Menschen. Peter handelt mit italienischen Stoffen und anderen Preziosen, ist weit gereist, belesen und begeistert von Kultur, Geschichte und Architektur. Er zeigt uns seine umfangreiche Sammlung von Gefäßen und Vasen, die aus allen möglichen Ländern und Epochen stammen, auch altertümliche medizinische und landwirtschaftliche Gerätschaften sind vertreten. Andrea unterstützt einheimische Künstler, organisiert Ausstellungen und kümmert sich um die Inneneinrichtung der verschiedenen Appartements, die über Internet vermietet werden. Wieder bedaure ich meine Unkenntnis dieser komplizierten Sprache, zu oft ist Vater selbst in einen Dialog verstrickt, als dass noch Raum fürs Übersetzen bliebe.

Aber auch auf Englisch verstehen wir, was Peter gegen Ende des Abends entgegnet, als mein jüngster Bruder meint, er würde zu gern ein Pflänzchen der Werschetzer Trauben mit nach Hause nehmen, um es in seinem Garten anzupflanzen.

"Eigentlich brauchst du keinen Wein anpflanzen, du hast hier schon Weinberge, die dir gehören". Peter berichtet von einem Gesetz, das Serbien verpflichtet, die enteigneten Güter, Ländereien und Häuser zurückzugeben; nur unter diesen Umständen wird Serbien die EU-Zugehörigkeit gestattet werden. Er drängt uns, Nachweise für die Besitztümer zu erbringen und uns an die entsprechenden offiziellen Ämter zu wenden. Als wir dies im Bewusstsein der prekären Lage des Landes und unseres vergleichsweisen Wohlstandes entschlossen von uns weisen, findet er die richtigen Worte, um uns umzustimmen: "Eure Vorfahren haben seit Generationen unter Entbehrungen, Schweiß und Blut dieses Land fruchtbar gemacht. Ist es recht, ihr Erbe so gleichgültig fallenzulassen? Ist das die richtige Art, sie zu ehren?" Sprachlos bin ich und erschrocken. Neue, nie gedachte Gedanken und Gesichtspunkte finden den Weg in meinen Verstand, in meine Seele.

So geht es uns allen. Aufgewühlt, verwirrt und fasziniert werden wir diese letzte Nacht schlafen, träumen von Weinbergen und Argentinien.

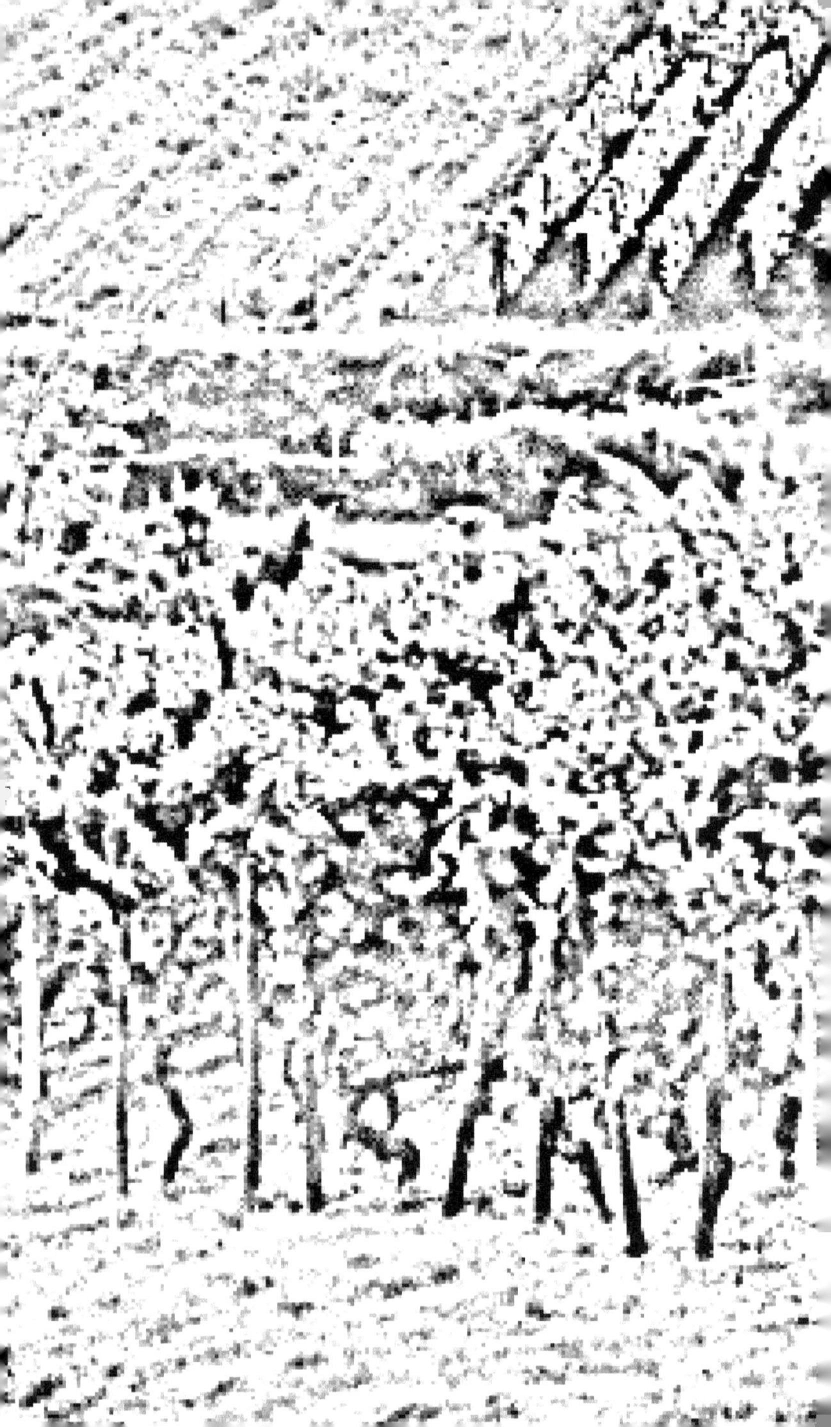

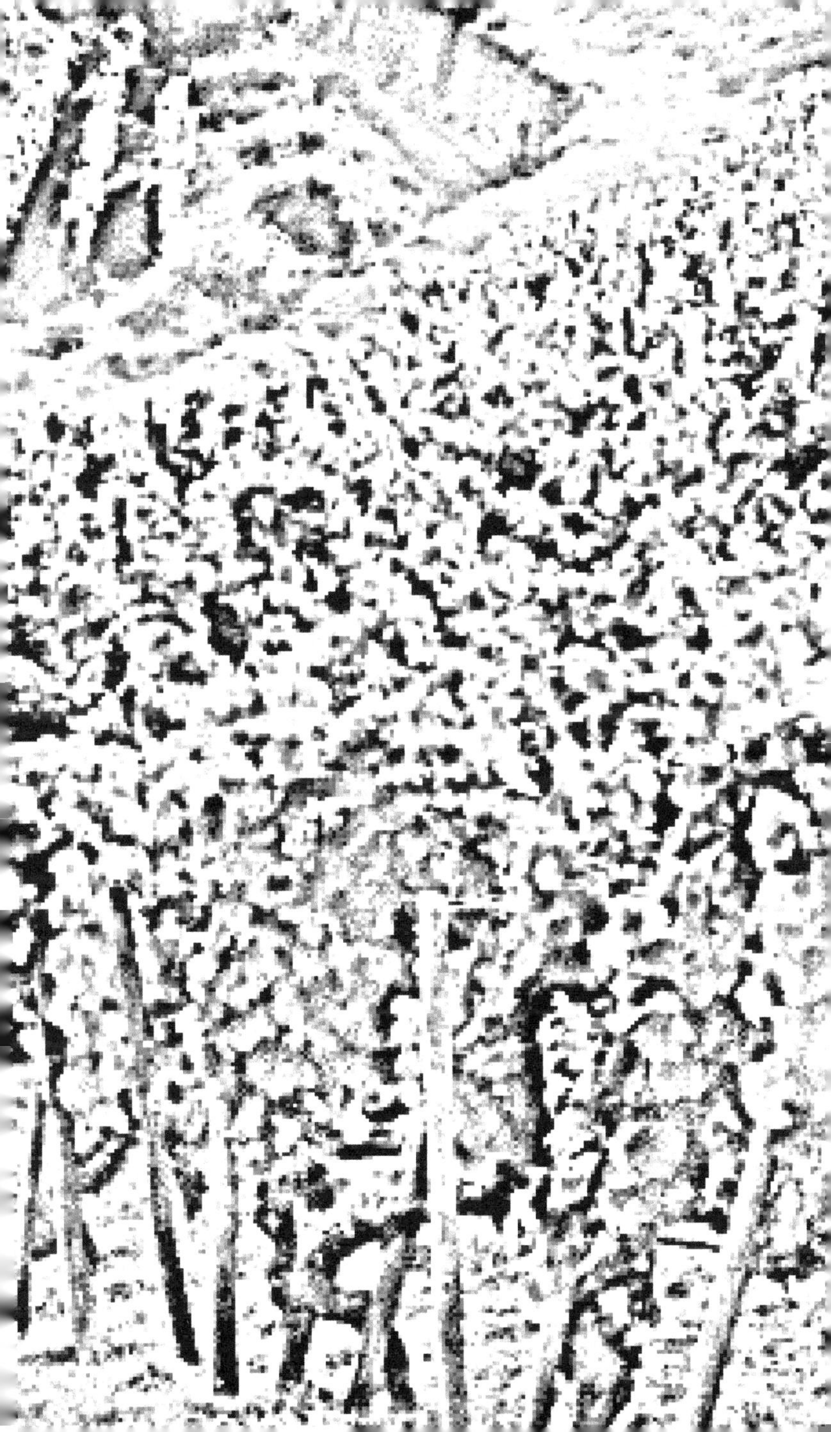

Aloisia V

Ob sie mich wirklich nach Deutschland reisen lassen? Alle Papiere sind vorbereitet, auch die eidesstattliche Erklärung, nichts an Wertgegenständen mitzunehmen so wie auch die Verpflichtung, innerhalb von acht Wochen zurück zu sein, um weiterhin die jugoslawischen Bürgerrechte zu behalten. Die Grenzen von Jugoslawien sind zu, für die meisten. Haben die etwa Angst, zu viele Menschen wollten gehen? Die Freiheiten der Einzelnen werden immer mehr eingeschränkt. Alles gehört dem Staat, alles muss der Tito wissen, keine freie Rede ist mehr möglich, alle Opposition wird erstickt, bevor sie wachsen kann. Auch meine Briefe an die großen Enkel werden geöffnet. Nur einmal hab ich ein Geld mit hinein gelegt, als die Tochter vom Poldi auf die Welt kam, damit sie ihr ein schönes Steiff-Tier davon kaufen. Angekommen ist es nicht, das Geld. Hab' ich ein Glück, dass wenigstens die Nylonstrümpfe nicht gestohlen werden. Nun hat auch der Ferdinand eine Tochter bekommen vor sechs Monaten, und jetzt wollen die beiden Enkel, dass ich sie soll besuchen kommen, damit ich meine Urenkelinnen kennenlern' und dass wir uns endlich, endlich wiedersehn. Mein Gott, es ist siebzehn Jahr' her, dass ich sie nicht mehr im Arm hab' halten können, mir kommen's vor wie das Doppelte! Auf den Fotos sehen sie so schön aus, die beiden Enkel, große, gutaussehende Männer sind sie geworden, sehen glücklich aus mit den angetrauten deutschen Frauen, keine hiesigen mehr, sondern richtige reichsdeutsche Frauen haben sie geheiratet. Zu den Hochzeitsfeiern hab' ich auch den Antrag auf Ausreise gestellt, nur genehmigt worden ist er mir nicht!

Aber jetzt haben sich die Bestimmungen geändert, Slobodan hat mir geholfen mit den ganzen Papieren und er meint, die Chancen sind groß, dass ich ausreisen darf.

Ich bin ja so aufgeregt, ich weiß nicht, soll ich mich freuen oder lieber doch nicht? Was, wenn sie mich doch nicht reisen lassen? Ob mich die Buben noch erkennen? Ob ich die Reise gut übersteh'? Das sind ja viele Stunden Zugfahrt, zuerst bis Belgrad und dann noch zwei Mal Umsteigen über Budapest und Wien nach München. Da in der Nähe von München leben sie, meine zwei Enkel. Und was, wenn ich in den falschen Zug einsteig'? Oder wenn's mir schlecht wird unterwegs? Ob ich das überhaupt schaff' ganz allein, diese weite Reise? Wenn ich nur den Lazlo mitnehmen könnt! Aber den haben sie ja schon das letzte Mal nicht über die Grenze gelassen! Außerdem muss er ja auch aufs Haus aufpassen, man kann ja nicht einfach die Tür zumachen und gehen, es muss jemand lüften und die Blumentöpfe gießen und dem Hund zu fressen geben.

Schon fast zwei Jahr' ist er jetzt bei mir; es war eigentlich der Milena ihr Hund, aber weil er eines der

Kinder gebissen hat, wollt' ihr Mann ihn von den Hundefängern töten lassen. So ist sie zu mir gekommen mit dem Hund, und auch wenn ich nie mehr ein Tier haben wollt', nach der Trauer über den Tod vom Struppi, der bei dem Brand in der Weinhandlung von meinem Sohn ums Leben kam, vor vielen Jahren, als die Kinder noch klein waren, so hab' ich's doch nicht über's Herz gebracht, ihn nicht bei mir aufzunehmen. Kein Lebewesen, weder Mensch noch Hund, soll mehr auf der Schinderwiese sterben müssen!

Also wird der Lazlo auf den Hund und auf das Haus aufpassen, wenn es wirklich was wird mit der Reise. Jetzt hoff' ich nur noch, dass ich jemand find', der mich wenigstens den ersten Teil der Reise begleitet. Slobodan hat von ungarischen Freunden erzählt, die ihre Tochter, die in Wien lebt, schon lang besuchen wollen. Bei ihnen ist jetzt das Ausreisevisum gekommen, ich werd' sehen, wenn meines auch in Ordnung ist, können wir uns mit dem Reisetermin absprechen. Das ist es, was ich mir jetzt am meisten wünsche, dass sie mich ausreisen lassen und dass ich mit der ungarischen Familie bis Wien komm'.

Auf den Fotos, die mir der Ferdi geschickt hat, sieht sie so lieb und zart aus, meine zweite Urenkelin. Mit den ganzen Buben hab' ich mir immer so ein kleines Mädchen gewünscht! Wie gut, dass sie beide Mädchen bekommen haben. Keine Buben, die in den Krieg ziehen und man nie weiß, ob sie wieder lebendig zurückkommen. Endlich Mädchen! Ich will ihnen meine Brillant-Ohrringe schenken, damit sie sich, wenn sie erwachsen sind, einen schönen Ring daraus machen lassen. Wenn ich sie auf der Fahrt anhab', da wird mir wohl keiner von den Zöllnern sagen, ich soll meine Ohrringe an der Grenze lassen! Am besten setz' ich mir einen Hut mit Hutband auf, da sind die Brillanten etwas bedeckt.

Auch das Lieblingsalbum mit den Briefmarken vom Ferdi werd' ich mitnehmen, und das spezielle Philosophiebuch, das vom Milo, das der Poldi schon immer gewollt hat, werd' ich einpacken. Für die Beatrice und die Margot würde ich zu gern die zwei herrlichen Teppiche, die letzten, die ich noch im Zimmer liegen hab', mitbringen. Ob sie mich die mitnehmen lassen? Bestimmt nicht! Da verkauf' ich sie besser, aber was kauf' ich ihnen nur davon? Auf den Fotos sehen sie so elegant aus, nach der letzten Mode gekleidet, da ist hier doch alles altmodischer. Ob ich ihnen Pullover mit Zopfmuster strick'? Kalt wird es doch auch in Deutschland, da kann man einen Pullover gut gebrauchen! Ja, jetzt weiß ich´s, Fellmützen werde ich ihnen kaufen, da gibt's in Deutschland sicher nicht so schöne wie hier, wo's oft im Winter unter zwanzig Grad Minus hat!

Intermezzo IV

Ich wache auf und weiß im ersten Moment nicht, wo ich bin. Es ist noch dunkel draußen, langsam komme ich zu mir, nehme die unbekannte Umgebung wahr. Im Bett neben dem meinem seufzt der Vater, tiefes Atemholen, langes, geräuschvolles Ausatmen, Einatmen, Ausatmen, Einatmen, Ausatmen. Vor unserer Reise hatten wir befürchtet, die emotionale Anstrengung könne Auswirkungen auf die körperliche Verfassung des Vaters haben, das Herz wäre zu sehr beansprucht, um unbeschadet die Reise in die Vergangenheit zu überstehen. Doch der Körper des Vaters ist gestählt und durchtrainiert; statt Zigaretten und Alkohol wurden ihm Jahre an unerbittlichen körperlichen Übungen zuteil. Sei es Fitness, Jogging, Tennis, es gibt kein Faulenzen, kein Frühstück im Bett, keine Bier- oder Hängebäuche und keinen Muskel, der nicht funktioniert, wie er soll. Im Notfall wird nachgeholfen, mit Vitaminen und Aufbaustoffen und für den Bluthochdruck ist mit Medikamenten gesorgt. Spiegelgleich dazu die Mutter. Und was ist mit der Psyche? Ist es so, dass automatisch mit der Zahl der Jahre die Empfindlichkeit und Sensibilität abnimmt? Vielleicht wie bei einem alten Baum, wo das Mark durch die Anzahl der Jahresringe immer weiter entfernt von der Rinde/Oberfläche ist?
"Man kann sich nicht mehr so sehr freuen", Zitat Mutter Beatrice vor einigen Jahren. Wird dement-

sprechend weniger auch die Traurigkeit empfunden? Wird insgesamt alles Empfinden abgeschwächt und lau, nur noch eine müdes, verzerrtes und nachkoloriertes Abziehbild der einstmaligen Tiefe? Ist es bei allen Menschen so? Oder handelt es sich in Wahrheit nur um einen Schutzwall, mühsam aufgebaut, Schicht um Schicht, um die Leere und die nicht erfüllten Träume ertragen zu können? Um dem Dasein nicht die Genugtuung zu geben, gesiegt zu haben?

Der Vater hat die Tage gut überstanden. Die Freude über die unveränderten Schauplätze und über das Teilen an Erzähl- und Mitteilbarem des Erlebten überdeckt die Traurigkeit, die doch auch da sein wird. Keine Tränen gab es außer den meinen bei Bergen, Trauben und Kirche, aber die Seufzer jetzt im Schlaf reden eine andere Sprache. Was träumst Du, Ferdinand?

Langsam werde ich wach, sinne meinem eigenem Traum hinterher, versuche, ihn festzuhalten, doch schon ist er mir entglitten, unbeständig und leicht, nur noch einzelne Fetzen halte ich mühsam fest und klebe mit ihnen meine Bildcollage: Oma Georgia war da, im Traum, jünger, als ich sie jemals erlebt hatte, jünger, wacher und klarer. Nein, nicht sie selbst war es, nur ein Film von früher, in dem sie sich bei einem Glas Wein mit einer Freundin unterhielt, und ich betrachte die kurze Filmsequenz. Ich erinnere mich an mein Staunen über den Inhalt der

Gespräche, es geht um Georgias unterbrochenes Studium (meine Oma hat studiert?), sie ist sehr rational in ihren Gedanken, etwas spröde auch und ihre Augen sprühen vor Ironie und sarkastischer Selbstkritik. Ich mag diese Oma, sie ist mir gänzlich neu und unbekannt, aber sehr sympathisch.

Ein Traum ist ein Traum ist ein Traum. Im Moment kommt mir die Aufgabe meines Unterbewusstsein, ihn zu entwirren, um mir seine Essenz zunutze zu machen, nicht gelegen.

Mein Koffer wartet darauf, gepackt zu werden. In einer halben Stunde werden wir von Peter abgeholt, der uns zu einem befreundeten Winzer bringen wird. Wir kaufen acht Flaschen Wein, Mitbringsel und gleichzeitig Zeichen dafür, dass es die Werschetzer Weinberge wirklich gibt, sie nicht Phantasien eines dahergelaufenen Landstreichers sind. Pro Person sind zwei Flaschen im Flieger erlaubt und vielleicht würde es Sinn machen, das nächste Mal mit dem Auto zu kommen, meinen die genussfreudigen Brüder. Auch verschiedene Bäckereien klappern wir ab. Je länger wir da sind, desto besser funktioniert das Gedächtnis des Vaters und im Moment scheint nichts wichtiger, als den Geschmack von Schaumbitter endlich wieder im Mund zu verspüren. Ich stelle mir ein Merenguegebäck vor, mit weißem sahnigem Rahm gefüllt und zu süß, um wirklich gut zu schmecken. Leider lässt sich dieser letzte Wunsch des Vaters aber nicht erfüllen und kann meine Vorstellung nicht mit der Realität konfrontiert werden; Schaumbitter ausverkauft und so kommen die auf die To-Do-Liste fürs nächste Mal, wo schon Georgshausen, das Werschetzer Altersheim, das Landgut im Süden und das Stadtmuseum aufgeführt sind.

Wir verabschieden uns von Peter und machen uns auf den Weg nach Belgrad, überqueren die Donau und der fahrende mittlere Bruder findet ohne Zaudern den richtigen Weg zurück zum Flughafen, wo wir den Mietwagen abgeben und im Flughafenrestaurant noch Zeit für ein kurzes Mittagessen finden.

Und dann ist es soweit: Wir sitzen, zwei plus zwei im Flugzeug, das schneller und immer schneller wird, bis es endlich abhebt, wir am Horizont die Werschetzer Berge entdecken, die zusehends undeutlicher werden und bald nur noch als Ahnung und Idee fortbestehen und ich schließe meine Augen, sammle meine Eindrücke, Gefühle, Fragen auch und beginne in Gedanken mit dem Schreiben dieses Reisetagebuchs.

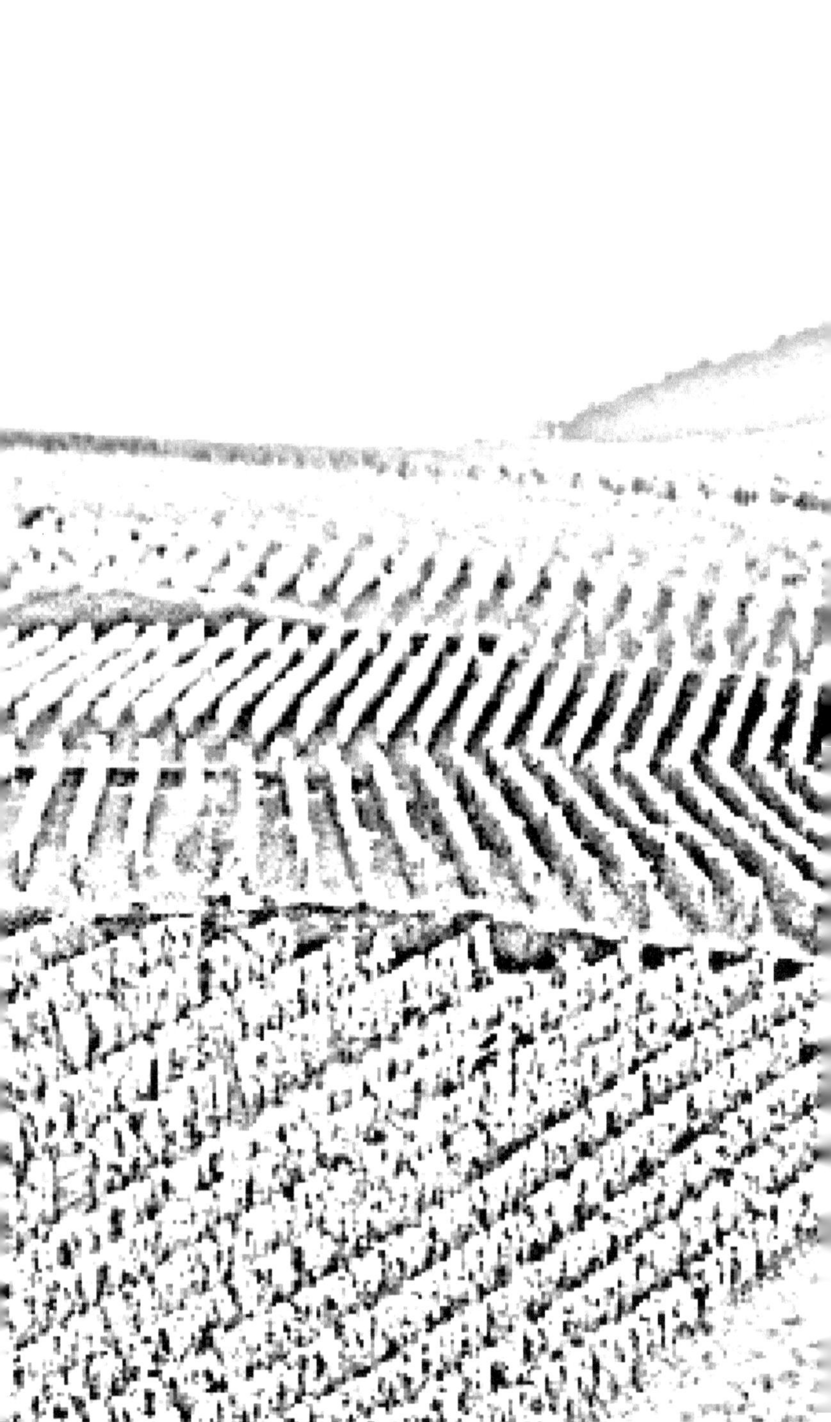

Aloisia VI

Ich bin wieder zurück, zuhause in Werschetz. Mein Kopf ist voll mit Gedanken, mein Herz weit von allem Gefühl und ich bin glücklich. Es freut mich unsagbar, dass ich reisen durfte und dass alles so gut geklappt hat. Beim Gedanken ans Wiedersehen mit den beiden Enkeln muss ich weinen. Gibt's einen schöneren Moment als diesen, in meinem ganzen Leben?

Es hat sich gelohnt, die Strapazen der Reise auf mich zu nehmen. Zwei Tage und zwei Nächte unterwegs war ich. Zuerst die kurze Strecke nach Belgrad, die hab' ich ja schon gekannt. Dann die Nacht durch mit dem Zug bis Budapest, mit den ungarischen Bekannten von Slobodan. Wir haben erzählt und erzählt, und so hab' ich keine Zeit gehabt, traurig zu sein und mich an die andere Fahrt zu erinnern, damals, mit dem Leopold, der noch ein Kind war, als wir zur Tante nach Budapest fuhren und ich vor meinen Gefühlen zum Miloslav davonlief.

Die Tante lebt schon lang nicht mehr, sie war Witwe und hatte keine Kinder, aber fröhlich und lustig war sie und sie hat mich damals auch unterstützt, hatte als Einzige von der Familie an Miloslav Gefallen, der so in mich verliebt war und von dem ich ihr die Ohren voll geredet hab' in diesen Tagen in Budapest. Sie war neugierig und offen und wollte ganz genau wissen, wie er aussah, wie er mich ansah, was er gesagt hat, und was ich geantwortet hab'. Ich glaub', die Tante hat sie genossen, diese sechs Wochen mit uns. Und sie hat mich immer bestärkt, auf mein Herz zu hören und nicht auf das, was die Leute sagen. Ich kam damals von Budapest zurück, erfüllt von sehnsüchtigem Verlangen und mit einer neuen Kraft, einem Glauben, dass es wirklich gehen könnt' mit dem Miloslav und mir. Die Tante hat Recht gehabt, es ist gut, auf sein Herz zu hören!

Von Budapest nach Wien war ich noch mit den Ungarn zusammen, aber die letzte Strecke, von Wien nach München, da war ich ganz allein, allein mit meinen Gedanken, mit den vielen unzähligen Bildern aus der Erinnerung, mit meiner Vorfreude und meiner Angst.

Schreckliche Träume hatte ich in dieser Nacht im Liegewagen, die Stunden dehnten sich zu Jahren, mit einem Mal war ich wieder jung, lief über die Felder und rief nach meinen Brüdern, die sich weit vorne im Maisfeld versteckt hatten, um mich zu erschrecken. Ich rannte und rannte, doch als ich endlich beim Kukuruz ankam, war dort alles abgebrannt, alles zu Asche. Später im Traum wusste ich, dass ich ein Kind bekommen hatte, meine Brüste waren geschwollen und schmerzten, ich musste es dringend stillen, das Kind, aber ich hatte es verloren. Überall suchte ich, rannte verzweifelt umher und rief nach ihm, nach Leopold. Die Tränen liefen mir über's Gesicht, kein Mensch war da, der mir hätte helfen können beim Suchen. Und doch hörte ich klar die Schreie vom Kind. Den Schreien hinterher rannte ich, da auf einmal blieb ich stehen wie angewurzelt: Zwei Babys waren es, die schrien, mit zwei rosa Käppchen und rot-geschrien Bäckchen, in großen, herrschaftlichen Kinderwägen, gehalten von zwei Müttern, Königinnen gleich, die sich die Lippen anmalten und keinen Laut zu hören schienen, abgeschnitten von meinen Rufen und vom Kindsgeschrei. Dann auf einmal bin ich zuhaus' in meiner Stube, schau' in den schönen, goldenen Spiegel und der ist mit schwarzen Tüchern verhängt. Wer ist gestorben? Warum weint der Lazlo so herzzerreißend?

Ich bin aufgewacht, nass vom Schweiß, es war nur mehr eine Stunde bis München Hauptbahnhof. Schnell schnell hab' ich mich gewaschen und gerichtet, zieh' mein schönes Kleid an mit der Klöppelspitze am Kragen und setz' den Hut mit Hutband auf. Wenn schon alt, dann doch wenigstens fesch werd' ich aussehen und zitter' vor Aufregung!

Beide, Ferdinand und Leopold sind gekommen, mich abzuholen. Ich weiß gar nicht, wen ich mehr drücken soll, wem ich zuerst einen dicken Kuss geb'. Ach, zwei Münder wollt' ich haben, um sie alle beide zu küssen und nicht mehr loszulassen! Sofort hab' ich die beiden erkannt, gleich als ich ausgestiegen bin, sie sind noch schöner als auf den Fotos. Wie konnt' ich nur leben so lang, ohne sie im Arm zu halten? Es ist, als ob alle Sorg' und Müh' von mir abfällt, alles hat sich gelohnt für dieses Wiedersehen. Im Geist dank' ich Gott, und gelobe, zuhaus' wieder öfter in die Kirche zu gehen, doch jetzt mag ich die Frauen kennenlernen und die Mädchen und ich will Deutschland sehen, zum allerersten Mal bin ich in Deutschland! Und ich will aufhören zu schluchzen und meine Tränen trocknen, was werden denn die angetrauten Damen denken?

Im ersten Moment bin ich verwirrt, wo sind die beiden Frauen denn? Eigentlich wollt' ich gleich das Baby auf den Arm nehmen und herzen, und die andere Urenkelin, die schon fast drei Jahre alt ist, an meine Hand nehmen. So hab' ich mir das im Geist vorgestellt. Aber die Damen warten beim Ferdinand zuhause auf uns und ich muss gestehen, es war eine gute Idee, dass ich in diesen ersten Momenten mit den Enkeln allein sein kann.

So hab' ich Gelegenheit, sie richtig zu begrüßen und anzuschauen. Die Haltung und der ganze Körperbau haben sich verändert, der Poldi ist jetzt fast genauso groß wie der Ferdinand, aber das Lächeln und die Augen sind die von früher, ich erkenn' sie doch, sie sind's, meine zwei Buben! Schöne Anzüge haben sie an und blitzblank polierte Schnürschuhe. Aber keine Hüte auf, es ist wohl nicht mehr so modern, hier in Deutschland, dass alle Männer den Kopf bedeckt haben sollten, wie bei uns. Ob ich meinen Hut auch lieber abnehm´? Aber nein, es guckt ja eh' niemand nach mir und kennen wird mich sowieso kein Mensch. Wie ist nur der Bahnhof groß und schön! Ich glaub fast, er ist noch wichtiger als der von Wien und dabei ist Wien doch eine Hauptstadt. Und ganz große Augen hab' ich gemacht, als ich das Auto vom Ferdinand gesehen hab'. Einen blauen nagelneuen Mercedes hat er. Kann man das glauben, da ist er als kleiner Bub mit dem Fiaker gefahren und jetzt steigt er, als ob nichts dabei wär', in dieses herrliche Auto. Wenn ihn nur der Vater sehen könnt, so!

Ach, in irgendeinem ruhigen Moment werd' ich ihnen erzählen, vom Vater, der doch nach Deutschland hätte gehen können anstatt von Ungarn zurück in die Heimat zu wollen, wo ja lang schon kein Zuhause mehr war. Aber vielleicht erzähl ich's ihnen auch gar nicht, wozu alte Wunden wieder aufreißen, die längst schon nicht mehr schmerzen wie am Anfang?

Die Fahrt durch München bin ich wie im Traum. Ich muss mich zwicken, um es wirklich zu glauben. Ich hab' es geschafft, ich bin bei Ferdinand und Leopold und mitten im unerreichbaren, ersehnten und erträumten Vaterland.

Es geht zu hier wie vorm Himmelstor. Ein Gewirr und Gewusel von Menschen, Fahrrädern und Autos ist überall. Das ist ein anderes Leben als in unserer kleinen Stadt: Herrliche Gebäude, wunderschöne Portale und weitreichende Parks und die Isar mit ihren Brücken. Es gibt riesengroße Statuen und Kirchen, so viele Kirchen. Da hab ich gedacht, in meiner Stadt gäb' es viele, aber hier, das ist ja fast wie in Rom, wie mir die Budapester Tante im Brief geschildert hat, als sie 1905 beim Papst Audienz hatte. Warum sind so viele Leute unterwegs? Arbeiten die nicht auf den Feldern und in den Büros und Fabriken? Viele mögen auch Studenten sein, wir sind an der Ludwig-Maximilians-Universität vorbeigefahren, so herrschaftliche Bauten, beeindruckend groß und gepflegt, ein schönes Studieren muss das sein, in diesen hohen Räumen mit den herrlichen Fenstern und der Bibliothek, die wohl mehr Bücher fasst, als sich ein Mensch nur vorstellen kann. Wie das dem Miloslav gefallen hätte.

Auf der Fahrt nach Ottobrunn, wo Ferdinand mit seiner Familie in einer gemieteten Doppelhaushälfte lebt und wo ich die ersten beiden Wochen verbringen werde, fahren wir an der Wohnung vom Leopold vorbei. In Bogenhausen wohnt er, da hat er es nicht weit bis in die Universitätsklinik, wo er als Narkosearzt arbeitet. Die beiden letzten Wochen werd' ich bei ihm und seiner Frau Margot wohnen und mit ihr Ausflüge in den Englischen Garten und auf den Marienplatz machen und auch das Deutsche Museum wird sie mir zeigen und die Pinakothek. Ich bin überwältigt von der Schönheit der Gemälde. So alt geworden bin ich, aber nie hätt' ich gedacht, dass Bilder mir so viel bedeuten könnten.

Von meinen Lieblingswerken nehm' ich mir Kunstpostkarten mit nach Hause, damit ich mich immer wieder, wenn mir danach ist, an ihnen erfreuen kann. Auch Antonia gefallen die Bilder am meisten! Mit ihren drei Jahren ist sie so aufgeweckt und weit für ihr Alter und ein so liebes, braves Mädchen, dass sie uns auf allen unseren Unternehmungen begleitet, ohne zu meckern. Nur im Deutschen Museum ist es ihr dann nach einer Weile doch zu langweilig gewesen, da haben wir unseren Besuch halt früher beendet, und sind stattdessen ein Eis essen gegangen in einer wunderschönen Konditorei neben der Isar. Schon nach zwei Tagen hat sie Omama zu mir gesagt! Ich brauch' ein Taschentuch, wenn ich mich daran erinnere, jetzt, wieder zurück in Werschetz und so weit weg von ihnen allen.

Die Enkel haben gute Frauen ausgesucht. Margot ist sehr vornehm und etwas distanziert. Sie ist groß, fast so wie ihr Mann, hat rötliche Locken und eine elfenbeinfarbene, makellose weiße Haut, fast wie die Frauen von den Gemälden, die mir so gefielen. Erst nach einigen Tagen ist sie etwas aufgetaut, aber viel Gefallen an den Geschichten von früher hat sie nicht. Sie wirkt mir sehr gescheit und liest sehr viel; wenn die Antonia sie lässt, hat sie immer gleich ein Buch zur Hand. Hausarbeit scheint ihr nicht so zu gefallen, aber mit dem Kind ist sie zärtlich und lieb und das ist ja wichtiger als der Staub in den Ecken. Und wenn ich seh', wie sie den Leopold anstrahlt,

wenn er von der Klinik nach Hause kommt, so hab'
ich keine Sorge mehr: Auf alle Fälle sind sie glücklich.

Beatrice ist die Frau von Ferdinand und mit ihr ver-
steh' ich mich eigentlich noch besser als mit der
Margot. Sie ist eher klein, nur wenig grösser als ich,
hat lange dunkle Haare und liebe Augen, sodass ich
gleich, als ich sie das erste Mal in Ottobrunn gesehen hab', gewusst hab', das ist die Richtige für meinen Ferdi! So herzlich und weich, so zärtlich und
lieb, so hab' ich sie mir gewünscht. Sie kocht gern,
ich hab' ihr einige von meinen Rezepten aufge-
schrieben, an die ich mich erinnert hab', und andere
werde ich ihr bald mit der Post zukommen lassen.

Das Kind, die Constanze, ist noch klein, sieben
Monate ist sie geworden am Tag vor meiner Ankunft. Ich genieß' es, sie auf dem Arm zu halten,
geb' ihr das Milchfläschchen und berausch' mich an
ihrem unbeschreiblichen Geruch, nehm' ihr winzi-
ges Händchen in meine alte faltige Hand und mach'
die Augen zu vor Glück. Festhalten will ich diesen
Moment. Er kommt zu den vielen kleinen Bildern,
die ich in meinem Kopf behalten will, um sie, wenn
ich traurig bin, wieder vor mir aufleben zu lassen
und wieder das gleiche zu empfinden wie in dieser
fernen ehemaligen Gegenwart. Ich sammle sie und
halt' sie krampfhaft fest, seit ich klein bin, und
manchmal in der Nacht forsch' ich nach ihnen, er-
fühl' ob sie noch da sind, meine Schätze.

So viel hab ich vergessen. Mit den Jahren hab' ich
Gott sei Dank die Fähigkeit entwickelt, vor allem
die schlechten und schlimmen Momente gleich loszulassen, sie gar nicht erst richtig in mich einzulas-
sen, aber auch die glücklichen sind nicht davor
geschützt, mir zu entgleiten und für immer zu ver-
schwinden. Eine große Anstrengung ist es, sie zu
behüten und zu bewahren, und diese Reise ist voll
von Momenten, an die ich mich immer erinnern will.
Die zwei Wochen beim Ferdinand sind geprägt vom
Windel wickeln, Essen machen, Spazierenfahren
mit dem Kinderwagen, Lieder singen und erzählen.
Große Ausflüge kann man mit dem Kind noch
nicht unternehmen. Nur einmal sind wir am Sams-
tag, als der Ferdinand keine Praxis hatte und keinen
Wochenenddienst als praktischer Arzt, alle drei zusammen zum Schloss Nymphenburg gefahren zum
Konzert. Im Hubertussaal wurden die Goldbergva-
riationen von Bach gespielt und auf Constanze hat
inzwischen die Zugehfrau aufgepasst, die in der
Praxis putzt und einmal in der Woche auch beim
Ferdinand zuhause. Im Park in Werschetz gab es im
Sommer Konzerte in den Pavillons. Aber das ist
lang her. Und das Üben vom Ferdi auf meinem
Klavier, das ich verkauft hab, um den Grabstein
vom Miloslav bezahlen zu können, klang auch etwas anders.
Diese Musik ist von einer anderen Welt: Alles ist
klar und geordnet in ihr, es gibt kein Übel und kein

Falsch, keinen Trug und keine Täuschung, keinen Krieg und keine falschen Enkel!

Immer noch nicht hab ich den Buben vom Lazlo erzählt. Ich weiß' ja noch wie heut', wie entsetzt und verletzt sie waren, als sie von dem Kind der Anuschka erfuhren. Am liebsten umgebracht hätten sie beide, die Mutter wie das Kind und am besten den Vater dazu. Wie soll ich ihnen nur verständlich machen, dass der Lazlo keine Schuld hat am Leben und dass er das Einzige ist, was mir geblieben ist! Auch der Einzige, der sich jetzt um mich kümmert, es ist wahr. Und er ist doch auch ein Sohn vom Sohn, und so viel wie ich ihm erzählt hab' über die beiden, liebt er seine Brüder aus ganzem Herzen.

Ich habe versucht, es ihnen zu erklären, vorsichtig und stückchenweise, aber ich beiß' auf Stein. Für sie ist er nicht mein richtiger Enkel. Als ob ein Papier mehr wert wär als die Gene! Oder haben sie vielleicht recht damit? War nicht der Milo ihr richtiger Großvater, ohne dass auch nur ein Gen von ihm in den Buben wär? Und ist mir nicht die Schwiegertochter Georgia ans Herz gewachsen fast mehr noch als der Sohn, der doch jähzornig und unberechenbar war und über zwei Jahre nicht mehr mit mir gesprochen hat nach dem Beinbruch vom Ferdi? Ist denn Wasser dicker als Blut? Ich weiß es nicht. Das Einzige, was ich erkenn', ist die Liebe, die ich gespürt hab', als ich die Enkel wieder sah.

Und auch beim Wiedersehen mit meiner Schwiegertochter Georgia ist mir das Herz vor lauter Gefühl bald geschmolzen! Sie lebt inzwischen mit ihrem zweiten Mann, einem entfernten Cousin aus dem rumänischen Teil des Banats, der durch ein Wunder den Krieg überlebt hat, am Starnberger See und dort hab ich sie besucht. Ein herrliches Anwesen besitzen sie dort, die Sonnenuntergänge über dem See sind mit das Schönste von der Natur, was ich je gesehen hab'. Und doch hat sie Heimweh nach Werschetz und ihrem Heimatort Georgshausen. Dabei geht es ihr so gut in Deutschland, sie hat ihre Kinder und Enkelkinder, hat sogar ein Auto, um sie zu besuchen, wann immer ihr danach ist. Aber die Heimat bleibt die Heimat und auch wenn mir die Buben zureden, doch einfach in Deutschland zu bleiben, ich könnte bei ihnen leben, einige Zeit beim Einem und dann wieder beim Anderen, so weiß ich doch, dass es nicht gut wäre und nicht richtig.
Einen alten Baum soll man nicht verpflanzen!
Deutschland mag so schön sein, wie es ist und die Freiheit, die die Menschen haben, so zu reden, wie sie wollen, so zu leben, wie sie wollen, hinzureisen, wo sie wollen, all das ist unvorstellbar in Jugoslawien unter Titos Führung. Und am allerschönsten ist es, mir vorzustellen, die Antonia und die Constanze wachsen zu sehen, die Enkel bei ihrem Leben zu begleiten und daran teilnehmen zu dürfen. Aber wer kümmert sich dann um alles, was ich zurücklass'?

Wer richtet das Grab vom Milo und gießt die Pflanzen? Wer kümmert sich um das Haus, um den Garten und den Hund? Wer hütet die Geschichte und bewahrt die Vergangenheit vor dem Vergessen werden? Und was würde aus Lazlo, der außer mir niemand hat? Seine Mutter ist doch nur auf ihren Vorteil aus und macht sich im Grunde nichts aus dem Kind.

Es war herrlich, Ferdinand, Leopold und auch die Georgia wiederzusehen, und Beatrice und Margot kennengelernt zu haben und hingerissen und ganz verliebt bin ich in meine süßen Urenkelinnen, aber nein, ich kann nicht bleiben in Deutschland. Ich muss zurück in mein Werschetz!

Jetzt, wo ich weiß, wie sie leben und gesehen hab', dass sie glücklich sind, ist alles leichter. Und vielleicht kommen sie mich irgendwann besuchen und ich kann den Mädchen die alte Heimat zeigen. Wer weiß, vielleicht kommt doch irgendwann alles anders, nicht so wie es war und ist, sondern so, wie es sein sollte!

Slobodan II

Die Tante ist tot.

Vor vier Wochen ist sie zurückgekommen aus Deutschland, ganz begeistert und glücklich. Sie sah zehn Jahre jünger aus, mit dem neuen Haarschnitt und dem Lächeln im Gesicht; sogar die Falten schienen geglättet. Gleich am Tag nach ihrer Ankunft hat sie mich zum Kaffee mit Apfelstrudel eingeladen. Vielleicht wollte sie mir dafür danken, dass ich ihr die Ausreisebewilligung beschafft habe, vielleicht hatte sie auch nur das Bedürfnis, mir von ihrer Reise zu erzählen.

Deutschland hier und Deutschland dort, abgesehen von den Geschichten um die Enkel und Urenkel, immer wieder aufs höchste gelobt hat sie ihr Deutschland. Wie gut alles funktioniere, wie gerichtet und sauber es sei, wie herrliche Gebäude, Parks, Schlösser und Museen es gäbe. Mir ist es schon zu viel geworden, noch zu gut erinnere ich mich an die deutschen Soldaten, vor denen ich mich als Junge gefürchtet hatte. Wäre sie doch dort geblieben, wenn es so viel besser ist als hier!

Aber sie musste ja unbedingt zum Enkel zurück, der beim Kaffee wie süchtig an ihren Lippen hing. Immer wieder hat er nachgefragt, wie die Brüder aussähen, was sie gesprochen hätten, welche Autos sie fuhren und ob sie noch jugoslawisch sprächen?

Wie kann es sein, dass Aloisia so schnell gestorben ist? Tot im Bett lag sie. Lazlo kam zu mir gerannt, total unter Schock und so war ich der Zweite, der sie sah. Ist es schlecht von mir, im ersten Moment kurz überlegt zu haben, ob er sie getötet hat? Sie hatte ihm erzählt, dass er ihr Haus erben würde, und so gut wie es ihr jetzt ging, nach der Reise, hätte es noch Jahre dauern können, bis er erben würde. Bis dahin musste er sich um die Großmutter kümmern, hing fest hier in Werschetz, wo er sich nie wohlgefühlt hatte und nicht sein Platz war, als Sohn von dem Deutschen. Die Geldgier von seiner Mutter gepaart mit dem Jähzorn des Vaters, es wäre nicht anders zu erwarten gewesen.

Aber als wir im Haus ankommen, liegt sie im Bett, die Aloisia, sanft und friedlich, keine Spuren von Gewalt sind zu erkennen. Nein, sie ist eingeschlafen und auf dem Nachttisch liegt noch der Rosenkranz. Ihr Gott hat sie nach allem, was er ihr aufgebürdet hat, doch mit einem friedlichen Tod erlöst. Kaum sind wir in der Stube, fängt Lazlo an zu schluchzen, kniet sich vor das Bett und legt seinen Kopf auf die Brust der Großmutter, umarmt sie und ist zu nichts mehr zu gebrauchen. Wie ein Kleinkind gebärdet er sich, weint und schreit: "Baka maika, moia baka maika". "Meine Mutter, meine Großmutter, warum hast Du mich verlassen? Was soll jetzt aus mir werden? Ich will sterben!" Ich weiß nicht, wie ich auf die absurde Idee kommen konnte, dieser weiche Jüngling hätte den Mut und die Entschlossenheit, um einem Menschen etwas anzutun. Er ist ja nicht einmal fähig, sich zu wehren, wenn ihn die Leute beschimpfen. Er tut mir leid, gewiss, ich versuche auch, ihn zu trösten aber er wehrt mich ab. Er ist wie verrannt in seiner Trauer und seinem Schmerz.

So bleibt mir nichts anderes übrig, als mich um alle Formalitäten selbst zu kümmern: der Arzt muss gerufen werden, um den Totenschein auszustellen, die Messe und die Trauerfeier müssen bestellt werden, die Bekannten und Freunde verständigt und auch den Enkeln in Deutschland muss geschrieben werden. Ob sie wohl zur Beerdigung ihrer Großmutter kommen werden? Wie lange braucht ein Brief von Jugoslawien nach Deutschland? Und wie lange wird es dauern, bis sie die Einreise bewilligt bekommen? Falls es überhaupt eine Bewilligung geben sollte. Nein, so lange kann man unmöglich mit der Beerdigung warten. Außerdem haben sie ihre Großmutter erst gesehen und ob die beiden jetzt bei der Beerdigung dabei sind oder nicht, was macht es am Ende für einen Unterschied?

Aber verpasst haben sie schon etwas: Die Beerdigung von Aloisia Jankovic, geborene Sendlinger, gab noch nach Tagen Anlass zu Klatsch und Tratsch. Verwunderlich war erst einmal die Anzahl an Menschen, die sich zum Trauerzug versammelt hatte. Ich wusste nicht, dass die Tante so viele Freunde und Bekannte hatte, dass es nicht nur die wenigen deutschen Frauen, die wegen ihren jugoslawischen Männern im Land geblieben sind, waren, die ihr das letzte Geleit geben würden, sondern sehr viele jugoslawische Familien. Frauen und Männer, die gleichermaßen betroffen schienen, vermutlich viele ehemalige Arbeiter ihres Sohnes Leopold. Sie scheint im Gegensatz zu ihrem Sohn gut zu ihnen gewesen zu sein. Andere sind Bekannte vom Onkel Miloslav gewesen, wahrscheinlich haben auch sie Aloisia gekannt und geschätzt. Auch meine Kusine Milena ist unter den Trauernden, wenn das ihre Mutter, Duschanitza wüsste, wäre sie gewiss wochenlang mit der Tochter beleidigt. Irgendeiner wird es ihr sicher erzählen, von mir erfährt sie es nicht.

Ich habe die Tante schätzen gelernt, ein Teil von mir versteht sogar jetzt den Miloslav. Sie war etwas Besonderes, in ihrer lieben freundlichen Art war sie doch stark wie ein Baum, hat selten geklagt trotz der vielen Gründe, die sie dafür gehabt hätte. Sie war furchtlos und mutig, bestärkte den Onkel in seinem politischen Wirken und hat ihn glücklich gemacht. Außerdem ist sie nicht in Deutschland geblieben und sie hat mir die Grundstücke hinter dem Haus vermacht.

Die vielen Menschen waren die erste Überraschung für mich, aber ein richtiges Spektakel gab es später, als der Sarg in die tiefe Grube heruntergeladen wurde. Lazlo war so außer sich, so verzweifelt und nicht bei Sinnen, hat so geweint und geschluchzt, dass er tatsächlich hineingefallen ist, in die Grube und auf den Sarg! Zu dritt haben wir ihn mit Müh' und Not wieder herausgezogen, der Anzug schmutzig, die Schuhe verdreckt, die Augen verheult. Und kaum war er oben, schreit ihn die Anuschka an, ob er verrückt geworden sei, er solle sich zusammennehmen und endlich aufhören mit dem Weinen und Klagen. Von der ist kein Trost zu erwarten und wie so oft, wenn ich höre, wie Eltern ihre Kinder anschreien, weil sie weinen, wird das Weinen durch das Schreien kaum besser. Und doch hatte auch ich schon Lust, den Lazlo zu packen und zu schütteln, weil ich sein Gejammer nicht mehr ertragen kann.

In diesem Fall verändert sich doch etwas. Lazlo wird wütend und schreit zurück und die Worte des Pfarrers gehen im Gezeter und Gestreite unter, bis endlich die Streithähne getrennt werden und die Beerdigung im Chaos endet.

Beim Umtrunk im Gasthaus Zopf, wo ich gefüllte Fladen und Bier für die Trauergäste bestellt hatte, fehlen sie beide, weder Lazlo noch Anuschka sind gekommen.

Später gehen wir mit Milena zum Haus von Aloisia. Den Hund soll sie wieder mitnehmen, der schließlich ihrer war. Wir kommen gerade rechtzeitig, um die Schreie von Lazlo zu hören, der seiner Mutter das Silberbesteck von Aloisia aus der Hand schlägt und sie hinausschmeißt aus dem Haus: "Alles was

der Aloisia gehört hat, gehört jetzt meinen Brüdern und mir! Nichts, gar nichts gehört Dir. Du bist schuld an meinem unglücklichen Leben, und die Großmutter war die Einzige, die mich je geliebt hat. Ich will Dich niemals wiedersehen. Niemals!"
Einige Wochen später ist das Haus verkauft und Lazlo mit der Ausreisebewilligung, die ich ihm besorgt habe, auf dem Weg nach Deutschland.

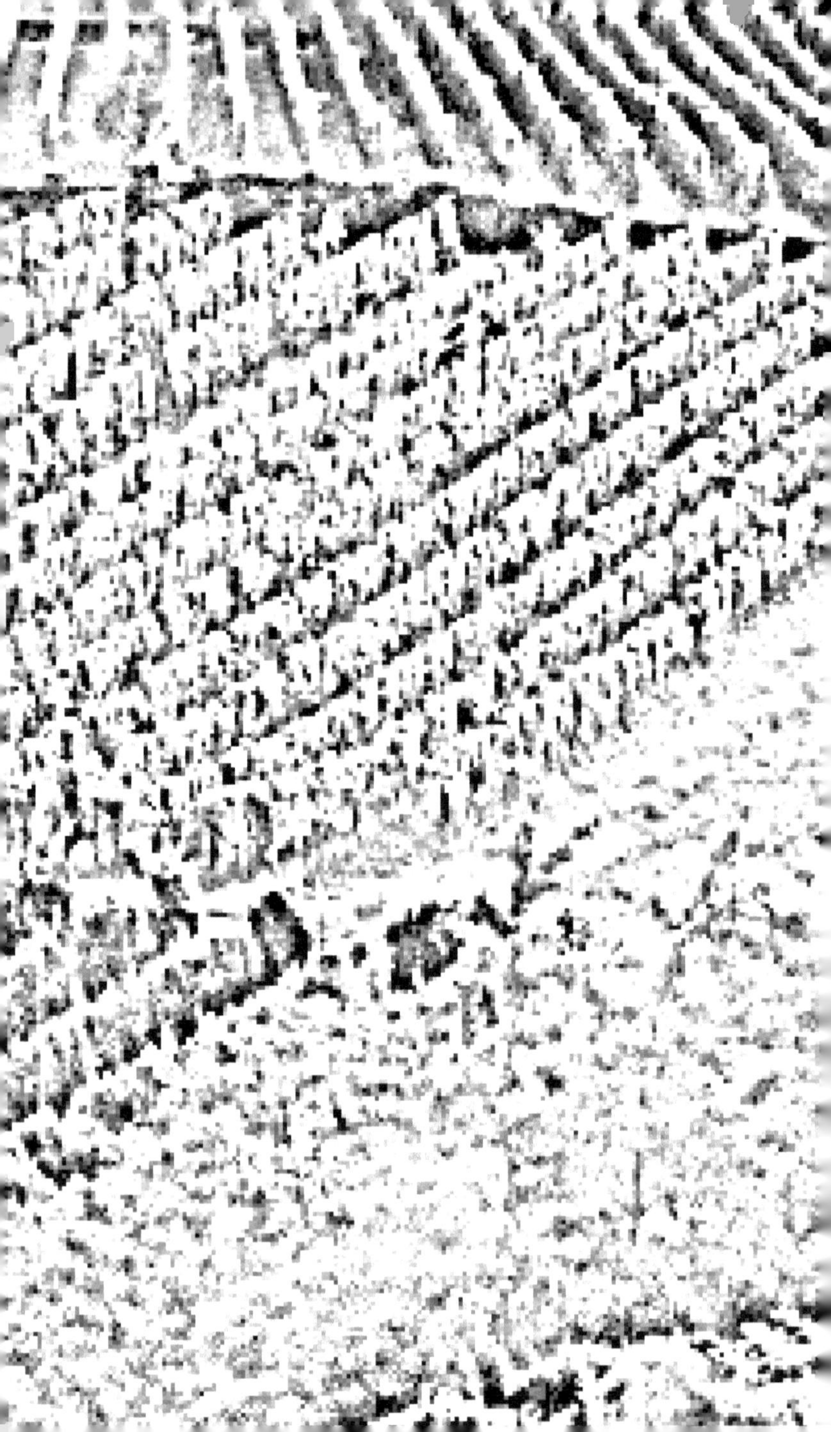

Epilog

Seit unserer Reise nach Werschetz sind fünf Jahre vergangen. Wir haben uns mit den Brüdern abgesprochen und so gut es ging, hat jeder neben seinen Alltagsbeschäftigungen versucht, den zugeteilten Aufgaben gerecht zu werden. Das Reisetagebuch ist dank der Fotos des mittleren Bruders ein voller Erfolg geworden. Die Restitution der enteigneten Häuser und Weinberge blieb in Händen des jüngsten Bruders, der sich dieser Angelegenheit mit Leib und Seele widmete.

Wir hatten abgemacht, auf keinen Fall Menschen, die inzwischen rechtmäßig in den Besitz von ehemaligen Eigentümern gekommen waren, aus ihren Häusern zu vertreiben. Die Gerichtsverfahren waren mühselig und zäh, nach Beschaffung unzähliger Dokumente und horrenden Anwaltskosten wurden uns das Elternhaus des Vaters und Weinberge, die im Besitz des serbischen Staates waren, zurückgegeben, genau die, die wir bei unserer ersten Reise nach Werschetz nicht gesehen hatten.

Es sind 23 Hektar sandigen Weinbaugebiets, durch das immer noch der Fluss fließt, in dem man auch heute noch fischen kann, allerdings ohne das Rezept von Großvater Leopolds Maulbeermischung. Cousine Antonia, die Tochter von Poldi, der vor zwölf Jahren gestorben ist, lange vor unserer Reise, hat Landwirtschaft studiert und ist seit eineinhalb Jahren mit einem Önologen damit beschäftigt, neue Rebsorten anzupflanzen. Sie lebt jeweils sechs Monate in Serbien, den Sommer über, im Haus, in dem unsere Väter aufwuchsen, direkt neben dem von Aloisia. Auch mein jüngster Bruder ist oft dort, er macht die Verwaltung und kümmert sich um die moderne Bewässerung der Anlage. Er hatte gleich nach unserer Rückkehr begonnen, serbisch zu lernen und wird sich bald so gut mit den Menschen unterhalten können wie der Vater.

Am schwierigsten gestaltete sich die Suche nach Lazlo:

Wochenlang durchforstete ich das Internet nach dem vermeintlichen Nachnamen der Anuschka, an den sich Vater gedacht hatte, zu erinnern: Lazlo Novak. Facebook und Google wurden akribisch durchkämmt, LinkedIn und Telefonbücher zu Rate gezogen, Einwanderungslisten von Argentinien gesichtet, Mails an verschiedene öffentliche Ämter und an die argentinische Botschaft in Berlin geschrieben. Kein Erfolg. Nachdem Vater zum wiederholten Male mit unserer einäugigen alten Dame telefoniert hatte, kam die Berichtigung. Nein, nicht Novak, Keretec sei der richtige Name. Also dasselbe nochmal von vorne. Dieses Mal gab es wenigstens nicht ganz so viele Personen mit dem gesuchten Nachnamen. Novak scheint Müller oder Maier ähnlich zu sein, Keretec hingegen gab es wenige. Zu wenige. Alle Keretecs im argentinischen Facebook wissen inzwischen um meine verzweifelte Suche nach dem Onkel. Keiner hat je auf meine Messages geantwortet und ein Lazlo war sowieso nicht dabei. Einen Keretec fand ich im Telefonbuch einer argentinischen Stadt, an deren Namen ich mich nicht mehr erinnere. Umso mehr allerdings an mein galoppierendes Herz beim Wählen. Eine Frau ging an den Apparat, sprach leidlich Englisch und versicherte mir, dass ihr kein Lazlo bekannt sei.

In den argentinischen Zeitungen konnte ich keinerlei Hinweise finden, auch die Traueranzeigen der letzten Jahre waren eine Fehlanzeige. Irgendwann war ich mit meiner Kraft am Ende, alle möglichen Wege mündeten in Einbahnstraßen. Ich war müde und ohne Hoffnung.

Der Vater, der mich alle paar Tage fragte, ob es etwas Neues gäbe von Lazlo, hat nach all den Jahren den Bruder in seinen Gedanken: Vom ungeliebten unehelichen Halbbruder zum ersehnten Bindeglied mit dem Gestern. Wodurch und wann hat sich das Gefühl verändert? Ist es das Bewusstsein der eigenen Vergänglichkeit, des Un-sinns vom Aufrechterhalten alter überholter und wahrscheinlich falscher Konzepte? Oder ist durch die verschiedenen Informationen zum Leben von Lazlo doch etwas ausgelöst worden wie Mitgefühl und Reue?

Ich weiß es nicht. Tatsache ist, dass der Vater mit mir auf der Suche ist. Keiner weiß genau, was uns da erwartet, oder was sich aus dem Ganzen ergeben wird, aber wir suchen. Es kann sein, dass Lazlo wieder nach Europa zurückgekehrt ist. Genauso gut ist es möglich, dass er seinen Namen geändert hat. Vielleicht will er überhaupt nichts von uns wissen, nichts von mir und noch weniger von Ferdinand. Es kann sein, er lebt nicht mehr. Um die 75 Jahre müsste er jetzt sein. Der Vater wird bald 92 und ist immer noch sehr vital.

Wie lange mag das noch so bleiben? Die Zeit zwischen Himmel und Erde ist knapp bemessen, die Bäume, die unendliches Leben in sich trugen, auch sie müssen weichen und vergehen.

Seit wir wieder aus Werschetz zurück sind, besuche ich öfter Oma Georgia auf dem Friedhof. Ich weiß jetzt mehr zu schätzen, dass es ihr Grab gibt, etwas Fassbares im Unfassbaren des Nichts, doch besser als die fehlenden Ruhestätten meines Großvaters Leopold und der Urgroßmutter. Meine stummen Monologe mit Georgia haben sich verändert. Aus der Oma, die ich kannte und liebte, wurde eine Frau, die Heimat und Wurzeln verloren hatte. Im aufgezwungenen Exil hatte sie die Kraft, wieder an das Leben zu glauben, hat die Söhne beim Studium unterstützt und dann mit dem Mann zusammengelebt, der ihrer würdig war und sie glücklich machte. Konventionen und Regeln waren ihr irgendwann egal, da war sie ihrer ehemaligen Schwiegermutter ganz ähnlich.

Ich frage sie, ob sie mit meiner Suche nach dem Sohn ihres ersten Mannes einverstanden ist und fühle, dass für sie Wahrheit und Gerechtigkeit über allen Empfindlichkeiten vorherrschen. Und auf einmal fällt mir mein Traum von Werschetz wieder ein: Da sah ich sie als junge Frau im Traum mit ihrer Freundin bei einem Glas Wein im geistreichen Gespräch vertieft, intelligent und sehr interessant sah sie aus.

Warum nur fällt es so schwer, in alten Menschen die Frische und Wachheit der einstigen Jugend zu erkennen? Und doch lebt in jedem Alten das Kind von einst mit seinen Gefühlen, Träumen und Verletzungen weiter. Durch die dicken Schutzhäute, die das Leben notwendigerweise mit sich bringt, die Schönheit der Essenz durchscheinen zu sehen, ist es nicht ähnlich vonnöten wie das Erkennen der noch nicht aufgeblühten Blume in der Knospe, die geschützt, gepflegt und geliebt werden will, um sich irgendwann zu ihrer vollen Schönheit zu entfalten? Georgia im Traum ist erblüht, sie genießt das gemeinsame Nachdenken mit der Freundin, zu gern wäre ich ein unsichtbarer Zeuge ihrer Gespräche gewesen.

Ich verlasse den Friedhof mit dem tiefen Bedürfnis, mich mit meiner Freundin zu treffen. Zu lange ist es her, dass wir, anstatt uns zu sehen, lange Telefongespräche führen; das scheint einfacher zu sein, als den richtigen Zeitpunkt und Ort für unser Wiedersehen zu finden. Auch wohnt sie nicht mehr in der Nähe, als wir im Café um die Ecke unseren Lieblingstisch Woche um Woche belegten. Kurzentschlossen rufe ich sie an und habe Glück. Sie hat Lust und Zeit und wir verabreden uns zum Abendessen in der Stadt auf halber Strecke; eine Stunde Autofahrt zum Treffpunkt ist für uns beide nicht zu viel. Sie vermisst mich so sehr wie ich sie. Beim Abendessen versuche ich, endlich über andere Dinge zu sprechen, als ihr ständig mit der Familiengeschichte, der Stadt in Serbien und dem verlorenen Onkel in den Ohren zu liegen. Ich nehme teil an ihrem Leben, der komplizierten Situation mit dem geschiedenen Mann, den kleinen Geschichten, die sich um das Wachsen und Erziehen des bereits jugendlichen Sohnes drehen. Teile meinerseits mit ihr die Sorgen und Probleme meines Alltags mit seinen kleinen Freuden und Glücksmomenten. Beim Bestellen der Getränke zaudere ich zunächst. Lieber trinken wir nur Wasser, die Heimfahrt ist lang und es gibt oft Kontrollen. Andererseits müssen wir das Wiedersehen feiern und ein Gläschen Wein wird uns schon nicht schaden. Wir lassen uns vom Ober beraten, er empfiehlt einen südamerikanischen Wein, einen Malbec, der sehr ausgewogen und fruchtig schmecken soll.

Als er die Flasche vor dem Öffnen zeigt, bleibt mir kurz die Sprache weg. Auf dem Etikett steht in verschnörkelten Lettern "Aloisia"! Er schenkt uns ein, wir stoßen an, ich unterdrücke den Impuls, sofort nach der Flasche zu greifen, um nach dem Herkunftsland zu forschen, nach dem Namen der Weinkellerei. Wahrscheinlich bin ich verrückt und sehe Hoffnungsschimmer, wo nur der Zufall mir den gleichen Namen vor die Augen hält. Die Freundin nimmt meine Hand, spürt den Aufruhr in mir. "Ganz ruhig, meine Liebe, jetzt werden wir erst mal sehen, wo dieser Wein herkommt, ja? Du weißt, dass Deine Urgroßmutter nicht die einzige Aloisia ist, die es gibt auf der Welt. Lass mal sehen ... Ah ... produziert in Argentinien, von der Weinkellerei Bianco. Siehst Du? Da steht nichts von einem Lazlo Keretec".

Hauptsächlich will sie mir eine weitere Enttäuschung ersparen, meine liebe Freundin, aber ich bin nicht überzeugt. Zumindest werde ich ein Mail schreiben an die Weinkellerei. Ob sie wohl Englisch verstehen? Der Abend wird lang und intensiv, und ich kann es nicht lassen, wieder mein Lieblingsthema zum Thema des Abends zu machen, gemeinsam mit ihr die nächsten Schritte zu planen und alle möglichen Entwicklungen zu antizipieren. Wie schreibe ich am besten, damit, falls Lazlo wirklich irgendwas mit dem Wein zu tun hätte, er nicht fürchtet, ich wolle irgendwelche materiellen Dinge von ihm, Geld, Unterkunft, keine Ahnung was? Und was will ich eigentlich von ihm? Wie ihm erklären, dass ich ihn einbinden will in meine Familie,

dass ich mich stellvertretend für alle Familienmit-
glieder für die ihm zugefügten Schmerzen verant-
wortlich zeige, dass ich reparieren und heilen will,
und sehr hoffe, dass es nicht zu spät dafür ist.
Zwei Monate später sitze ich mit dem Vater im
Flugzeug nach Argentinien, der Arzt hat die Erlaub-
nis gegeben, immer noch ist Ferdinand kerngesund.
Nach der Landung in Ezeiza, dem Flughafen von
Buenos Aires, geht es mit dem Bus zum nationalen
Flughafen. Von dort starten wir nach weiteren drei
Stunden nach Mendoza, der Provinz, in der sich das
Weingut befindet. Die Landschaft von oben ist der
von Serbien ganz ähnlich: flach, so flach, dass es ei-
nem übel dabei werden kann! Erst kurz vor der
Landung in Mendoza, der Provinz der vielen und
guten argentinischen Weine, beginnen die Berge.
Lazlo hat seinen Namen nicht geändert, aber statt-
dessen taten dies die Zollbeamten bei seiner Ankunft.
Aus Keretec, in kyrillischer Schrift im ehemaligen jugoslawischen Pass wurde Kretech und so war es unmöglich, ihn über das Internet ausfindig zu machen.
Vor Jahren hat er Emilia Bianco geheiratet, einzige
Tochter des Gründers der Weinkellerei Bianco.
Die Antwort auf meine erste E-Mail war verhalten
und vorsichtig, ganz so wie ich es von den Menschen bei meiner allerersten Reise nach Serbien
gewohnt war. Aber bereits bei der zweiten E-Mail
wich die Vorsicht der Freude und die Skepsis der
Vorfreude auf unser Kommen. Ob Vater innerlich

so ruhig ist, wie er aussieht? Alles in mir zittert und bebt, ich fürchte, ich werde kein Wort herausbringen, wenn ich den Onkel sehe! Es ist soweit, wir steigen über die Außentreppe aus dem Flugzeug, holen das Gepäck vom Band ab, gehen durch den Zoll und suchen Lazlo in der fremden Menschenmenge. Da ist er, sieht dem anderen Bruder vom Vater, dem Poldi ähnlich, und als sich die beiden umarmen, sagt der Vater "Brat", "Bruder" zu Lazlo und ich sehe, dass beiden die Tränen übers Gesicht laufen. Dieses Mal bin ich nicht die Einzige, die weint!

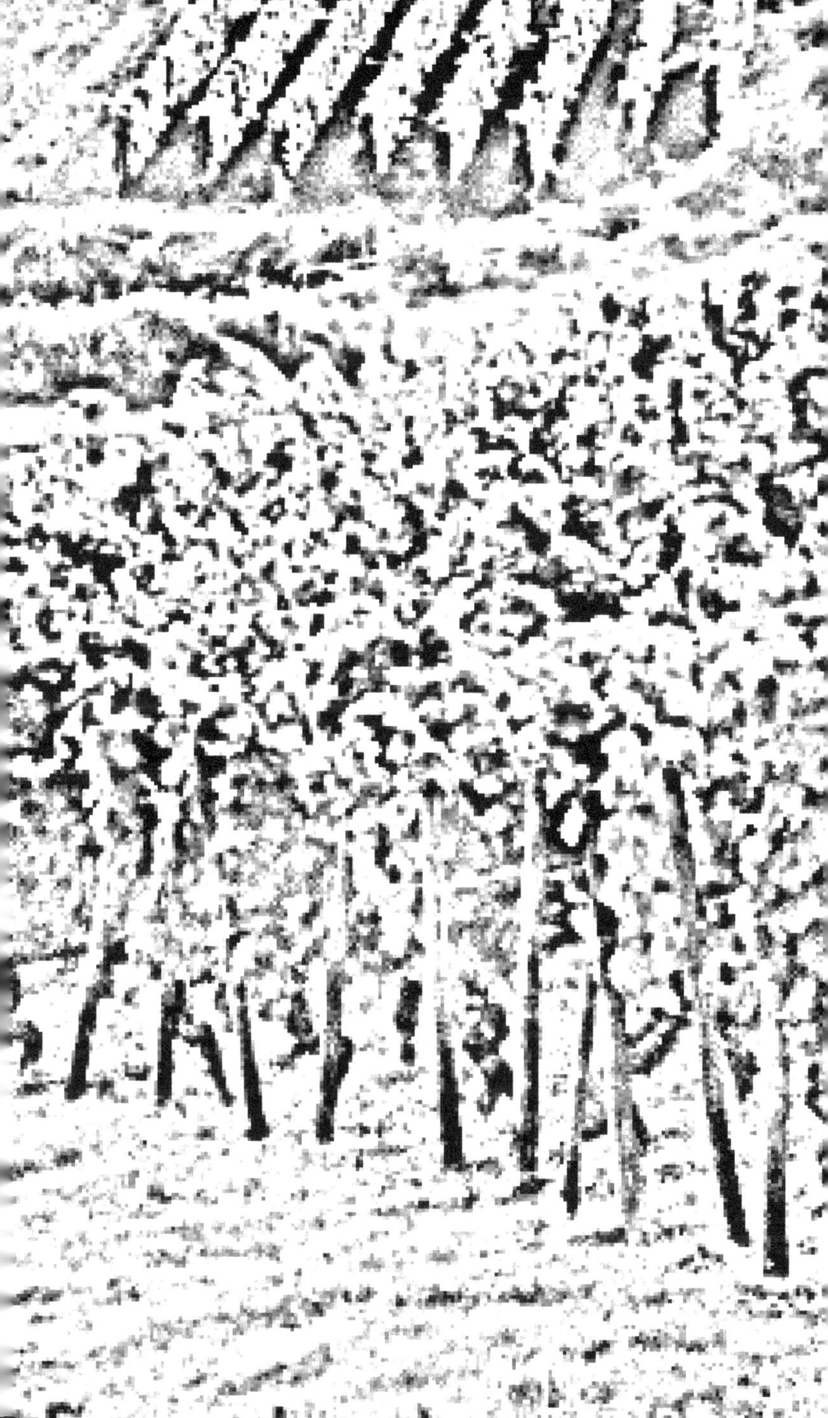

Nächtebuch

Es ist mitten in der Nacht, ich kann nicht schlafen, zu aufgewühlt von den Gedanken, die sich zu hohen bunten Gebilden verwachsen emporranken, zwischen Himmel und Erde, verbunden mit gestern und morgen und vor allem mit mir. Bücher warten in mir darauf, geschrieben zu werden. Wie einst die Farben und Bilder, so sprudeln jetzt Wortgebilde wild umher, wachsen und verändern sich, mein ganzes Sein, schwanger in prickelnder Erwartung, lustvoll erregt, begeistert und voller Glauben. Alles ist möglich, alles wird sein ...

11. November: Ich hab mit dem Schreiben begonnen- bin glücklich mit der Aloisia, ihre Sprache ist so anders, mir manchmal doch holprig und stolprig aber ohne Frage ist sie es, die zu mir, aus mir spricht. Es vibriert und bebt in mir, es webt und wird gewebt, ich bin Faden und die, die ihn zum Wortgeflecht spinnt, das noch verdichtet und vernäht werden will. Oh ich möchte, dass es spannend und aufregend ist, möchte Staunen, Grauen, Hoffnung und Krieg, möchte ehren, verbinden und finden.

Keine falsche richtige Bescheidenheit mehr, ich will und ich kann und ich werde!

19. November: Verliere mich in der Außenwelt — anstatt in mir und mit mir zu bleiben, Unsicherheit

auszuhalten, Zweifel über die Erzählperspektive nachzugehen und der Frage, in welcher Form Gegenwart mit Vergangenheit zu verknüpfen sind, ins Auge zu sehen.

Verloren die Gewissheit, nein, nicht ganz, nur aus dem Zentrum des Bewusstseins gerückt, vorübergehend abwesend, dass sein wird, was sein soll. Ich bin feige und faul, so ist es! Und brauche den Ansporn und die Reaktion der Außenwelt, die mir nicht egal ist – und doch in diesem Moment sein müsste ... Was wäre denn Picasso für ein Maler, Thomas Mann für ein Schriftsteller und Chopin für ein Künstler der Musik, wenn sie alle ständig jede noch so minimale Veränderung am entstehenden Werk zur Schau stellten, Bewunderung und Bestätigung erheischend, um so auf sicherem Boden weiter zu schaffen ... Wie bescheuert, zu erwarten, dass das Glatteis nicht glitschig, glatt, gefährlich ist, dass meine Pirouetten aus dem Stehgreif ohne Mühe wilde herrliche Blumenmuster aufs Eis malten, ohne Zaudern, ohne Stolpern, ohne Angst. Es wäre schön, zu fühlen, dass unsichtbare Fäden mich halten, gelenkt und beschützt, die meine unsicheren Schritte zum Tanz werden lassen. Tanz auf dem Eis.

20. November: Müde und glücklich. Endlich geht es voran und gelingt es mir wieder, die Gedanken und Gefühle vom Kopf auf das Papier zu bringen – es ist mühsam das Weglassen, das Wechseln zwischen

Innen und Außen, das Begutachten und Hinterfragen von jedem Wort, jedem Satzgefüge. Noch ist mir nicht ganz klar, wie Aloisia II sich entfalten wird und noch weniger, wo die Schnittstelle zur Gegenwart ansetzen wird, aber alles wird sich zeigen ... und Aloisia I gefällt mir ... sehr ... jetzt nur noch müde ...

22. November: Die Geschichte wurde mir geschenkt. Ich bin froh, dass meine Hände das Geschenk angenommen haben, meine Augen es gesehen, mein Herz geöffnet war, um es zu spüren. Bin auch froh, dass da keine Angst mehr ist; alles ist eine logische Abfolge von kleinen, für den nicht Eingeweihten, unsichtbaren Schritten, die vorsichtig, aber doch bestimmt in Richtung des Zieles weisen ... Es ist ein erfülltes Schaffen, die Geschichte aus mir heraus zu ziselieren, die eigenständig und wahrscheinlich seit immer in mir lebt. Aber erst jetzt habe ich sie entdeckt und erst jetzt habe ich das geeignete Handwerkszeug, um sie von allen Schichten zu befreien, um aus dem Felsbrocken meine leuchtenden Gestalten zu erschaffen, die ich in mir fühle, eins mit mir, und die ich liebe.

26. November: Heute Teile vom Buch über Georgshausen gelesen ... Mein Bauch zum Stein, mein Herz im Krampf. Lebensgefühl identisch mit dem Bild "Der Schrei" von Edvard Munch.

Grauen, Entsetzen, Sprachlosigkeit, Sinnlosigkeit, Unwissen. Realität, um so viel schrecklicher als meine

Vorstellungskraft. Wie dem gerecht werden? Neue Motivation, Veränderung des Blickwinkels, gerichtet nun auf das Leiden der einzelnen Menschen, unvorstellbar, unsichtbar, und darum so wichtig. Nur so wenige kennen diese andere Wahrheit und die Geschichte, großgeschrieben, interessiert sich kaum für sie ... Immer sind es die individuellen Schicksale, die mich interessieren, die mich verstören, die ich zeigen will. Die Leidensgeschichte des jüdischen Volks ist in vielen Büchern und Filmen bearbeitet und verarbeitet worden ... Das Tagebuch der Anne Frank eines der ersten Bücher, das mich zu tagelanger Trauer und Tränen rührte ... Doch gibt es genügend Werke über die Not und über das Leiden der vielen Vertriebenen? Derer, die überlebt haben und der Unzähligen, die gefoltert, misshandelt, erfroren, verhungert, erschlagen, erschossen nie wieder ihre Familie sahen, namenlos verscharrt, ohne Gedenkstein, ohne Gesicht, ohne Gerechtigkeit, ohne Würde, ohne dass wenigstens das Bewusstsein ihres Leidens in den Köpfen der Menschen etwas veränderte? Sinnloses Sterben, ausgelöst durch die Grausamkeit des Menschen mit dem Menschen. Mein Körper ist zerschunden, ich bin die zerschlagenen Knochen, bin die Hilflosigkeit des grundlos Geprügelten, bin die Resignation und die Verzweiflung des alten Mannes, der vor dem Massengrab, das er selbst mit den vielen anderen deutschen Siedlern, die zu alt oder zu jung waren, um als Soldaten in den Krieg zu ziehen, ausheben musste, auf den Genickschuss der Partisanen wartet. 120 Männer, Zivilisten. Pech gehabt, rien ne va plus. Das Spiel ist aus. Mein Herz zu Stein, mein Bauch im Krampf.

Der Weg führt durch dunkle Kriegsgebiete, Blut tropft aus den Seiten des noch ungeschriebenen Buchs, das sich im Werden verändert und lebt. Wohin?

30. November: Es reicht. Mir reicht es. Vom Krieg. Zurück zur Geschichte, zu den Gestalten aus Licht. – Licht gleich Energie gleich Leben. Ob die Urgroßmutter mit ihrer Würdigung einig wäre? Ich denke doch. Fühle mich als Baby auf ihrem Arm, bin dankbar, dass es diesen Moment der Bindung gab und spüre ihren Schutz wie eine Hülle, die mich wärmt. Nicht fliehen vor dem Schmerz, die Menschen sind dafür gemacht, ihn zu ertragen, zu durchleben und dann loszulassen. Am Schmerz festhalten führt zu endlosem Leiden, sinnlosem Stocken der Energie, zur Blockade des Atems und zu Tod.

Da ist noch eine weitere Möglichkeit: So tun, als ob der Schmerz nie existiert hätte, ihm die Daseinsberechtigung verweigern – hahaha, tut gar nicht weh. Die Trauben waren mir eh' zu sauer. Oh, zu genau seh' ich, wozu das führt: Verhärtung, Verschalung, Verneinung, Starre. Eis (ob es innen, ganz weit innen, noch Wasser im flüssigen Zustand, Tränen, gibt?)

3. Dezember: Die Geschichte wühlt und brodelt in mir. Es fällt mir schwer, die einzelnen Teile sinnvoll

zu verknüpfen – zu lieb wäre mir, die Schauplätze ineinander übergehen zu lassen, Bahnhof im Jetzt mit dem von damals zu überlappen, verwaschene Konturen nachzuzeichnen, Linien über Linien, kongruent und doch verzerrt wahrnehmbar werden zu lassen, wie seidene Tücher, die die Gegenwart hinterfragen. Denn direkt hinter dem gelüfteten ersten Tuch befindet sich diese andere Realität, sichtbar, spürbar, und hinter dem nächsten Schleier, die nächste wahre Welt, so real und so bunt, so klar und so schmerzhaft wie alle davor ... Und wir, der Leser und die Schreibende, herumgewirbelt in der Zeit, erfahren immer mehr und verstehen immer weniger. Die Momente dazwischen sind die wichtigen, zum Atemholen, zum langsamen Ausatmen, dem Schmerz entgegen.

19. Dezember: Heute auf einmal die Erkenntnis, was mich davon abhält, weiterzuschreiben ... Es ist das Ende, das sich nähert, und es macht mir Angst. Die Verbundenheit mit Aloisia fühlt sich gut an, füllt mich ganz; ich genieße diesen Schwebezustand, wo noch alles möglich ist, alle Sinneswahrnehmungen geschärft, der Verstand und das Herz im Einklang mit Himmel und Erde. Aloisia ist Teil meiner Seele, ihr Geist wirkt weiter in mir und mir graut vor dem Moment, in dem ich sie ins Grab geleiten werde. Wie kann es sein, sich so nah, so vertraut zu fühlen? Was macht sie mir so wertvoll? Ist es ihre Stärke, ihr Mut, ihre Kraft? Sind es die Sätze am

Ende der vielen, vielen Briefe, die von Freundlichkeit und Liebe zu den Menschen zeugen, aller Schicksalsschläge zum Trotz? Sie ist meine letzte Mohikanerin, die Hüterin der Geschichte, allein und fast vergessen im jetzt so fremden Land. Aber nur fast. Ihr Grab ist unauffindbar – Kein Wunder! Wer hätte sich auch drum kümmern können, wer Blumenstöcke pflanzen, gießen? Der letzte Enkel ist geflohen, dem Kummer und der Vergangenheit davon. Vielleicht werde ich ihn nie finden. Aber ihn mit einbinden in meine Geschichte, die auch seine ist, das kann ich ...

Und meiner schönen Urgroßmutter ein ihr würdiges Denkmal erschaffen ...

20. Dezember: Wurzeln, richtig tiefe, breit auseinanderlaufende Baumwurzeln, die von Halt erzählen, weit ins Innere der Erde reichen, wo einst alles seinen Anfang nahm. Wurzeln in der dunklen Erde, die mir weder Atemnot noch Angst mehr bereiten, auch ohne Licht und Luft kann ich mich wohlfühlen. Unglaubliche Veränderung: Noch vor einem knappen Jahr wäre ich fast erstickt beim Visualisieren und bei der Vorstellung, Wurzel zu sein. Nur drei Tage ... drei unglaubliche, ereignisreiche Tage ... und keine Luftwurzeln mehr!

28. Dezember: Erzählstränge laufen parallel zur Jetztzeit, verknüpfen sich zum Zopf, Rapunzel lässt grüßen, laufen wieder auseinander, verheddern sich im unauflösbaren Knotengewirr, einem gewobenen,

verschrobenen, verfilztem Teppich ähnlich, aus dem einzelne Fäden vorwitzig hervorstehen. Halt, ich hab dich, roter Faden, zieh an dir, entwirre dich, mit Gold durchwirkt, das jetzt erst sichtbar wird, verborgener Schatz des verborgenen Namens. Bald wird die Suche nach dem Onkel (mein Viertel Gene, seine Hälfte) wieder aufgenommen, alle Kraft und Energie stehen mir zur Verfügung. Und in meinem Kopf die Klarheit, wie es weitergeht mit der Geschichte, Vergangenheit mit Zukunft in idealer Form verknüpft: Argentinischer Wein vom Weingut Aloisia.

29. Dezember: Heulen könnte ich, ungeweinte Tränen blockieren die Luftwege, kaum atmen kann ich, so verschnürt ist mir der Hals ... Hoffnung zunichte, die sich verdichtet hatte, im Moment, als ich die Buchstaben zu Papier bringe, den richtigen Nachnamen von Lazlo, endlich, endlich! Einen gewaltigen Schritt in Richtung Auflösung und Ende, auch wenn ich mich manchmal frage, was mache ich damit, dann, wenn es soweit ist ... Ein Weg so hoffnungslos wie der andere, alles Sackgassen, die ins Leere führen, anstatt zum Onkel, Stunden am Computer umsonst – hinter jeder neuen Möglichkeit ein schneller Schlussstrich! Was mach ich nur?

1. Januar: Wenn nur die Zweifel nicht wären – nicht die an der Geschichte selbst, die aus mir herausbricht und erzählt werden will, nein, die an meiner Fähigkeit, ihr zu genügen, ihr gewachsen zu sein und das im Leser auszulösen, was ich mir vorgenommen

habe. Es ist so mühsam, die Kraft und Überzeugung aufrecht zu erhalten, wenn nicht der erforderliche Rückhalt und bedingungslose Glauben im Außen existiert. Und doch kann die Welt um mich herum nur reflektieren, einem Zerrspiegel gleich, was von innen heraus scheint ... So sind Leidenschaft und Begeisterung am Erzählen nicht mehr als der helle Wahnsinn einer Amateurin, die einen Zeitvertreib (das Wort an sich tut weh, noch mehr als "Hobby") mit einer authentischen Aufgabe und Befähigung verwechselt – und das Bewusstsein dieser Tatsache wird durch Lektüre anderer, "richtiger" Bücher nur verstärkt! Mein Wortgeflecht zerrupft durch Fragezeichen, Skepsis, Unglauben ... endlose Spirale ins Dunkel meiner Seele, kein Weg und kein Halt und keine Hilfe.

Egal was ich tue, es sind immer die gleichen Dämonen! Sie machen mich klein, minimal klein, zum kleinsten zitternden Pünktchen mit der leisesten Stimme, die jemals von menschlichem Ohr vernommen wurde ... Hört ihr mich noch? Höre ich mich noch?

10. Januar: Heute hat Aloisia gefragt, ob Wasser dicker sei als Blut: Ich drehe und wende den Satz, begutachtete ihn von innen und von ganz weit oben und erkenne neue Sequenzen im Buchstabengewirr: Für was lässt man Vater und Mutter zurück, um sich zu entfalten, zu blühen und fortzupflanzen? Für Wasser! Wer hat mir zugehört, als meine Stimme

kurz vor dem Verstummen war? Doch nicht die Mutter, nicht die Brüder, nicht die eigenen Blut mit Wasser verdünnten Nachkommen. Nein, die Freundin, die begeistert alle Archive nacheinander las und wissen will, wie es weitergeht mit der Geschichte ... Wasser also ... Aus wieviel Prozent Wasser besteht noch mal der menschliche Körper? Waren es 75 oder 80 Prozent? Auf alle Fälle aus mehr Wasser als aus Blut, das höchstens mal fünf Liter ausmacht also fünf Kg. Wer sagt außerdem, dass "dick" eine erstrebenswerte Eigenschaft sein soll? Blutverdickte Fließverengungen, abgestorbene Gewebsbereiche, die doch mit mehr Wasser nicht vertrocknet wären ... Wer dürstet nach Wasser, wer nach Blut? Und auch im dicksten, rötesten Blut ist Wasser enthalten. Ich liebe Wasser und hab' die Nase voll vom Blut! Oh yeahhhh!

14. Januar: Das Ende naht, ähnlich wie beim Erwarten der Kinder ziehen sich die letzten Tage unendlich in die Länge – wie Strudelteig würde Aloisia sagen, die schon ihre letzten Worte sprach, und in mir wüten gänzlich entgegengesetzte Triebe: Der eine hält mich zurück, lässt mich innehalten, spricht: "Nein, noch nicht, wart' noch ein Weilchen, genieß' diesen schwangeren Zustand, wer weiß, was danach sein wird ...". Aber der andere drängt mich und zieht mich in Richtung Ausgang, Auflösung, Ende. Ist aufgeregt, zappelig und lässt mich nicht klar denken. Zwischen zwei Gummibändern bin

ich, hin- und hergerissen, rundherum gedreht, verwickelt und ganz durcheinander.

20. Januar: Ein seltsames Gefühl breitet sich in mir aus, die anfängliche Euphorie (es ist vollbracht, der letzte Satz geschrieben, das Kind, es lebt) weicht einer undefinierbaren Leere und Sehnsucht. Wohin mit meinen Gedanken in der Nacht, wenn der Kopf das Kissen berührt und der Schlaf auf sich warten lässt? Aloisia hat mich begleitet und geleitet – es ist Zeit, sie loszulassen, so schwer es mir fällt. Zwischen Himmel und Erde wächst der Baum und strebt nach oben ..., zwischen der Welt der Ideen und Sätze und der anderen, ganz konkreten, anfassbaren Realität bin ich gleichzeitig Vergangenheit und Zukunft, bin ein Teil des Ganzen, das sich ständig verändert und doch immer gleich bleibt. Geboren, wachsen und sich entwickeln, sterben. Der Himmel so weit weg wie die Erde und mittendrin atmen und leben wir Menschen, größeren Ameisen gleich, mit der uns zugestandenen Zeit und versuchen unsere Doppelexistenz Materie-Geist in Einklang zu bringen.

Zwischen Himmel und Erde ist alles offen, alles richtig und alles möglich – auch, dass meine reale Suche ein gutes Ende findet.

Über die Autorin

Nicola Schorm wurde in Sindelfingen geboren und lebt mit Mann und Kindern in Buenos Aires, Argentinien. Nach einem abgebrochenen Studium der Theater- und Literaturwissenschaft in München studierte sie Zahnmedizin in Argentinien und schreibt neben der Ausübung ihres Berufes Reisetagebücher und Erzählungen.